Top 10+

Capodopere ale literaturii de pretutindeni
într-o colecţie a celor mai îndrăgite bestsellleruri.

www.polirom.ro

Editura POLIROM
Iași, B-dul Carol I nr. 4; P.O. BOX 266, 700505
București, Splaiul Unirii nr. 6, bl. B3A, sc. 1, et. 1,
sector 4, 040031, O.P. 53, C.P. 15-728

Descrierea CIP a Bibliotecii Naționale a României:

LUNGU, DAN

Sînt o babă comunistă ! / Dan Lungu. – Iași : Polirom, 2011

ISBN 978-973-46-2222-1

821.135.1-31

Printed in ROMANIA

DAN LUNGU

Sînt o babă comunistă!

roman

POLIROM
2011

Dan Lungu (n. 1969, Botoșani), conferențiar la Catedra de Sociologie, Universitatea „Al.I. Cuza“ din Iași, este unul dintre cei mai apreciați și mai traduși scriitori din noua generație, cărți ale sale fiind publicate în zece limbi: franceză, germană, italiană, spaniolă, poloneză, slovenă, maghiară, bulgară, greacă și turcă. A făcut studii postdoctorale de sociologie la Sorbona și este redactor al revistei *Au Sud de l'Est* (Paris). În 1996, inițiază la Iași grupul literar Club 8. În 2001 și 2002, redactor-șef al revistei de cultură *Timpul*. În 2005, face parte din grupul de scriitori români invitați la „Les belles étrangères“, Franța. Romanul de debut, *Raiul găinilor* (Polirom, ediția I, 2004; ediția a II-a, 2007; ediția a III-a, 2010), a fost patru luni în topul vînzărilor editurii franceze Jacqueline Chambon, iar ediția germană a fost declarată, în decembrie 2007, cartea lunii în Germania. Cel de-al doilea roman, *Sînt o babă comunistă!* (Polirom, ediția I, 2007; ediția a II-a, 2010), se află în curs de adaptare cinematografică în regia lui Stere Gulea, iar versiunea franceză a cărții a fost dublu nominalizată la Premiile Europene Jean Monnet (Franța, 2008). Tot la Polirom a mai publicat două volume de proză scurtă, *Băieți de gașcă* (2005) și *Proză cu amănuntul* (ediția a II-a, 2008), și romanele *Cum să uiți o femeie* (ediția I, 2009; ediția a II-a, 2010; ediția a III-a, 2011) și *În iad toate becurile sînt arse* (2011). Alături de Radu Pavel Gheo a coordonat volumul colectiv *Tovarășe de drum. Experiența feminină în comunism* (2008), iar alături de Lucian Dan Teodorovici a coordonat *Str. Revoluției nr. 89* (2009). I se montează piesele *Cu cuțitul la os* (Green Hours, Teatrul Luni, 2002), *Nuntă la parter* (spectacol-lectură la Teatrul Odeon, 2003; spectacol-lectură la Teatrul Luceafărul, Iași, 2006, în cadrul proiectului DramatIS) și *Vrăjitoarea pofticioasă* (piesă pentru copii, Teatrul Luceafărul, Iași, 2008). Piesa *La mulți ani!, parcă așa se spune, nu?* a fost una dintre cîștigătoarele Bursei de texte noi Dramafest, ediția 2008. Este distins cu Premiul Societății Junimea pentru activitatea literară pe 1993, Premiul Editurii Nemira pentru proză scurtă (1997), Premiul USR, filiala Dobrogea, pentru debut în proză (1999), Premiul Goethe Zentrum pentru promovarea originalității, ca reprezentant al Clubului 8 (2001), Premiul USR, filiala Iași, pentru proză (2005), Premiul „Vasile Pogor“, al Primăriei Municipiului Iași, pentru activitatea literară (2007), Personalitatea culturală a anului (2009), Premiul USR, filiala Iași, pentru proză (2010). Membru al Uniunii Scriitorilor din România.

1

De o săptămînă... De o săptămînă nu mai am liniște, fir-ar să fie! De cînd a sunat Alice... Alice – frumos nume, nu? Eu i l-am ales. Normal, că e fiică-mea. Adică vreau să spun că bărbată-miu voia să-i spună altfel. Cristina, parcă. Sau poate Maria, nu mai țin minte exact. Oricum, nume de astea care sînt cu sutele. Cel puțin la noi în oraș. Nume de coafeză sau de contabilă. Nu, dragă, o să-i spunem Alice, nume de prințesă, am ținut eu morțiș. Aveam eu așa o chestie în cap, că la un nume frumos nu poți să ai decît o viață pe măsură. N-a ajuns prințesă, ci ingineră. Asta fiindcă eu am ținut să fie ingineră. Cu gîndul că se va angaja la fabrica în care lucram eu pe vremea aia și că toată lumea va vorbi pe la colțuri: O știți pe Emilia Apostoae? Ei bine, inginera Alice e fiica ei. Dar, pînă să se angajeze Alice, comunismul a căzut și fabrica unde lucram eu s-a dus de rîpă. Ditamai fabrica în cîțiva ani a ajuns niște ruine printre care cresc buruienile și se oploșesc cîinii vagabonzi. Au fost furate pînă și ferestrele, au fost smulse pînă și prizele. Cînd se întîmplă să mai trec pe lîngă ea, întorc capul. Mă frige sufletul, pe cuvînt. Am senzația că acolo, în secție, scheletele noastre au rămas în poziție de lucru, gata în orice moment să înceapă treaba. Că e doar o pană de curent. Știu că-i o prostie cît mine de mare, că vremurile nu se mai întorc, dar asta simt. Acum se vorbește că ăia de la Coca Cola au cumpărat totul și că vor deschide o secție de îmbuteliere. Unii, nu înțeleg de ce, se bucură. Eu una nu arunc banii pe otravă, cumpere proștii! Eu în fiecare an fac o socată de n-au băut americanii nici în visele lor cele mai frumoase. Neam de neamul lor de la maimuță încoace, cum ar spune nea Mitu. O să vă povestesc și despre el. Mare figură! Într-o bună zi, Alice s-a urcat în avion și a plecat în Canada. Cică ăștia, canadienii, caută oameni deștepți cu disperare. Nu că ei ar fi mai prostuți, dar cică au un hîrdău de țară și-s doar o mînă de oameni. Dacă i-ar împrăștia în toată țara, ar trebui să se uite cu binoclul unul la altul ca să se vadă. Adună minți luminate de pe toate continentele și le dau casă, masă și slujbă. Vor să facă o țară deșteaptă și să-i ia pe americani. Spun și eu ce-am auzit de la alții... Dacă ar fi fost după mine, eu n-aș fi vrut să plece. Aș fi ținut-o lîngă mine, să-i cresc plozii și să-i fac sîmbăta plăcinte cu brînză de văcuță, așa cum îi plac ei. Dar nici n-o puteam opri. Ce să-i spun? Stai aici, fata mea, în țara asta care se duce naibii? Stai aici să muncești pînă crăpi ca să fii plătită în bătaie de joc? Așa că n-am zis nimic. Nici ea nu prea ne-a întrebat. Era atît de entuziasmată că o șterge, încît aproape uitase că are părinți. Dar nu mă miră, fiindcă tot cam așa am făcut și eu cînd am plecat din gaura aia de sat în care m-am născut. Ba chiar eu am fost mai neobrăzată, dacă mă gîndesc bine. Nu după mult timp, ne-a sunat să ne spună că vrea să se mărite. Cu unul Alain.

— Alain Delon?
— Hai, mamă, chiar așa? Ăla e un boșorog...
— Da, tu, dar măcar îl știe lumea de pe-aici...
— Și-apoi ăla-i francez, mamă.
— Aha, îi din alt sat, am glumit eu.

Ne-a anunțat că în vară vine cu el să ni-l prezinte. Să vedem și noi flăcăul, nu? Nu știu care o fi obiceiul pe la ei, dar la noi așa se face. Să-l cîntărim, să ne dăm seama dacă merită fata.

— Să vedem dacă nu-i lipsește vreo ureche, zice bărbată-miu, că oricum nu înțelegem neam din păsăreasca lui.

Să fie vreo doi sau trei ani de atunci. Cu cîteva zile înainte am discutat la telefon detaliile sosirii.

— Să nu vă panicați, e un tip tare de treabă, a zis Alice la sfîrșit.

Dumnezeule, ce șmotru am făcut în casă! Puteai culege mac de pe jos. Am cumpărat perdele noi. Am pus oale la fiert pe toate ochiurile. Săltau capacele ca în vremurile bune. Borș de pasăre, sarmale și friptură de purcel. Prăjituri și plăcinte. M-a ajutat și o vecină. Așa, pentru Alice. Unde mai pui că nu mai văzuse un canadian în viața ei și nu voia să rateze ocazia. Țucu, bărbată-miu, a văruit tot palierul, să nu creadă canadianul că a nimerit într-o peșteră. Ar fi vrut să dea întreaga casă a scărilor, dar nimeni nu voia să pună bani pentru o curățenie generală. Abia își plăteau întreținerea. Un vecin de la doi chiar l-a luat la mișto pe Țucu, că, dacă acum cere bani pentru văruit, data viitoare avea să ceară și pentru biletul de avion. Un măgar! Dar și bărbată-miu, ce gură-spartă! Fanfaron ca totdeauna și gură-slobodă. Eu în locul lui i-aș fi spus măgarului că logodnicii vin înot, e mai ieftin așa, să nu-și facă griji. În seara de dinainte am fost la coafor, chestie pe care nu o mai făcusem de nu știu cînd. Se schimbaseră și coafezele între timp, nu mai cunoșteam nici una. Nu știu de ce, mi-au dat lacrimile. Adică știu. Pentru că înainte de revoluție treceam măcar o dată pe lună să mă aranjez. La întoarcere, m-am uitat mai atentă la blocul în care locuim. Oare alea din Canada cum arată, nu ne facem de rîs? Nu mai era nou, ca atunci cînd ne-am mutat în el, nebuni de fericire. Trecuseră peste treizeci de ani și nu mai pupase nici o bidinea. Ce mai, era scorojit de-a binelea, iar colțurile erau mîncate de ploaie. La etajul unu, în dreptul unui geam, o dîră groasă de fum pe perete. Probabil că în iarnă avuseseră sobă cu lemne și îi scoseseră hornul pe fereastră. Treptele de la intrare erau ciobite și balustradele îndoite, bălănganindu-se la prima atingere. Un copil slăbuț și încruntat se juca de unul singur. Arunca un fes pe suprafața grunjoasă a peretelui din față. Cînd reușea să-l facă să stea lipit cîteva secunde, chiuia de bucurie. Apoi o lua de la capăt. Am intrat în panică... Ăsta e castelul în care locuiește prințesa Alice? Nu, numai un apartament din el.

Eram rupți de oboseală. Eu una nu-mi mai simțeam mîinile și picioarele. Mi-am pus o pernă sub gît, să nu-mi stric coafura. Stăteam și mai trăncăneam înainte de a adormi. Țucu mă tachina.

— Nici n-ai visat vreodată să ai ginere canadian...

— Da, că tu te-ai gîndit!

— Ei, nu! Dar nici nu-s așa mîndru ca tine... Cine-a fost la coafor azi? Mai bine îți luai o perucă blondă cu bucle dolofane, să-l dai gata, nu alta!

— Alice tre' să-l dea gata, nu eu!

— Alice l-a doborît deja. Ca pe potîrniche. Pac! Dacă vine el tocma' pînă-n România, îți dai seama...

— Blocul ăsta al nostru arată ca naiba!

— Oricum, pînă mîine nu putem face altul.

— Nu-mi iese din cap ce rău arată...

— Dar, dacă n-are o ureche, ce facem?

— Ce ureche?

— Ginerică, zic. Dacă n-are o ureche?

— Vorbești prostii. Cum să n-aibă o ureche?

— Dar dacă-i negru?

— ...

— Ai întrebat-o ce culoare are? Dacă-i negru?

— ...

— Dacă are buzișoare de trompetist?

— Mai bine hai la somn.

Țucu, cu glumele lui tîmpite, m-a pus pe jar. „Să nu vă panicați, e un tip tare de treabă." Parcă o auzeam pe Alice. De ce să nu ne panicăm? Ce ne-ar putea panica? De ce a insistat că e de treabă? Faptul că e de treabă compensează un defect? Țucu sforăia cu fluierături, iar eu mă perpeleam. Îmi pierise orice urmă de somn. În orașul nostru, un negru e mai exotic decît un extraterestru. În cartier, nici nu mai spun. În bloc, e de neînchipuit. În familia noastră... Preferam să nu mă gîndesc serios la asta. La urma urmei, nu era decît o glumă, m-am îmbărbătat eu. Nu era nimic sigur. M-am ridicat și, pîș-pîș, m-am dus în fosta cameră a lui Alice. Globul pămîntesc era la locul lui, pe birou. Mi-am pus ochelarii și l-am luat la puricat. Nu, Canada nu era în Africa.

Dis-de-dimineață m-am dus la primul magazin de electrice și am cumpărat un ventilator. La noi, la patru, e groaznic de cald. Tot soarele de peste zi se adună în plafon și peste noapte ne coace la foc mic. Am luat din banii de înmormîntare. Din fondul „Prietenia", cum îl alintă Țucu. De la o anumită vîrstă, moartea face parte din familie. Vorbești despre ea la masă sau seara înainte de culcare, faci calcule. Țucu l-a probat și mergea perfect. Ne-am certat un pic doar asupra locului în care să-l amplasăm. Am căzut la pace, spunînd că îl putem muta de colo-colo, unde este nevoie. Pe la prînz, a sunat Alice. Erau deja instalați la hotel și ne invitau să luăm masa la restaurant. M-am supărat foc. Ne-am ciorovăit.

— De ce nu înțelegi, mamă, așa e obiceiul la ei.

— Dar noi sîntem la noi, nu la ei. Am făcut și plăcinte cu brînză de văcuță..., am încercat eu s-o ademenesc.

— Avem timp și de plăcinte, mamă. Miam-miam, deja salivez.

— Ți-e rușine să-l aduci la noi?

— Ești culmea! De ce să-mi fie rușine?

— Am făcut lună în casă. Taică-tu a văruit și casa scărilor...

— Ufff, mamă, parcă ești turc. La ei e o chestie obișnuită să iasă la restaurant.

— Atunci îmi promiți că veniți să dormiți la noi?

— Alain deja a plătit camera la hotel.

— Atunci să fiți sănătoși! Să ciuguliți singuri, ca doi porumbei!

— Dar ce ți-a sărit așa țandăra?

— Păi, cum de ce? Tu vii la noi și stai la hotel? Spune, tu crezi că e normal? Alice, noi sîntem părinții tăi... Știi ce-i aia? Mai ții minte? Adică noi te-am făcut și te-am crescut.

— Da, dar...

— Nici un „dar", te rog!

— OK, o să vorbesc cu Alain, să vedem ce...

— Poți vorbi chiar acuma?

Ne-am pregătit să mergem la restaurant. Exact ceea ce nu luasem în calcul. M-am pus pe cotrobăit în dulapuri după haine. Înainte de revoluție, cînd aveam bani de să-i întorc cu lopata, mergeam des la petreceri, așa că era imposibil să nu dau peste niște vechituri. Am cununat și am botezat de nu știu cîte ori. Era un fel de modă. Nu prea aveai cum să cheltuiești banii. Dar finii erau buni. Dacă intrai într-un necaz și aveai nevoie de o pilă la poliție sau la doctor, dădeai sfoară printre rude și pînă la urmă găseai persoana potrivită. Practic, finii erau rudele mele de la oraș, căci restul erau mai toți la țară. Pentru Țucu am găsit un costum bleumarin cu dungulițe albe, de cînd era bunica fată mare, iar pentru mine o rochie cu buline ceva mai nouă, de cînd era lupul cățel și bunicul băiețel. Arătam amîndoi minunat, de parcă eram împăiați. Că așa e cu hainele astea elegante, dacă nu le porți o vreme, uiți cum se poartă, nu te mai simți bine în ele. Sau, mă rog, care au fost cîndva elegante. Pălărie nu am avut niciodată. Am pretenția că sînt orășeancă, dar nu și cucoană.

2

E dimineața devreme. Afară e vînzoleală. Toată lumea se mișcă repede-repede, nu e timp de stat. Mama îmi strigă din cînd în cînd, în treacăt, că trebuie să mă trezesc. Că este multă treabă și că laptele o să se răcească. Eu spun „da, da" și ațipesc de fiecare dată la loc.

E zi de făcut tezic.

Toți oamenii de la noi din sat și din cele învecinate fac vara tezic. Mie nu-mi place deloc să fac asta. Am zece ani, poate un pic mai mult. Pe sora mea, fiind mai mică, o lasă să doarmă mai mult. Nu e drept!, îmi șoptesc eu. Aud vocea vărului meu, Costicuță. Parcă face gargară atunci cînd vorbește. Costicuță e, de fapt, un vlăjgan, de aceea numele lui pare caraghios. A venit să ne dea o mînă de ajutor. Aud scîrțîitul fîntînii. Deja se cară apă. Cocoșii cîntă continuu, de parcă-s vorbiți cu mama. Aud pași grei, știu că nu-s ai mamei. Respir regulat, să pară că dorm adînc. E ciudat că, deși aproape dorm, eu mă prefac că dorm. În sinea mea sînt convinsă că oamenii care dorm adînc sînt lăsați să doarmă în continuare. De milă. Cam așa cum fac eu cu pisicile.

Tresar din toate încheieturile, mă răsucesc brusc.

O pală de apă rece parcă m-a electrocutat.

Costicuță e deja cu spatele, grohăind de rîs.

— Ești un bou, îi strig cu obidă.

El se îndepărtează, bălăngănind cana goală. Bezmetică, încep să mă îmbrac. Afară se aud rîsete. Probabil Costicuță le-a povestit isprava. Boul! Altceva nu îmi vine în minte așa de dimineață. E un bou!, repet eu, întorcînd mînecile bluzei de trening. Aia veche, nu aia nouă. Dimineața e răcoare bine.

Beau laptele cu ochii cîrpiți de somn. Întind caimacul cu degetul și îmi imaginez că e gumă de mestecat. Gumă cum primesc doar de la tanti Lucreția. Mirosul de bălegar răscolit cu furca ajunge pînă la mine. Îmi taie pofta de mîncare, și-așa anemică. Las laptele neterminat. Pun mîinile în poală și îmi sprijin capul de propriul umăr. Măcar două minute de somn să mai prind. Costicuță trece pe lîngă mine, deșelat de două găleți mari cu apă. Gîfîind, mă amenință că, dacă-s leneșă, repetă figura. Îi arăt limba.

— Ai grijă, îmi spune el, opintit.

În cele din urmă mă ridic și mă îndrept tehuie către partea din spate a grajdului, spre grădină. Costicuță își deșartă gălețile într-un butoi mare de plastic albastru. Tata, cu furca sprijinită de genunchi, icnind, smulge bucăți mari din grămada de bălegar de vacă adunat peste an. Balega s-a tasat și s-a întărit, așa că trebuie mult efort. Așază bucățile într-un dreptunghi mare, trasat cu bățul. În acest perimetru se va face *călcătura*. Dă cu ochii de mine și îmi spune:

— Bună dimineața, domnișoară!

Adică am venit cam tîrziu.

— Ce stai și te uiți? Pune mîna pe o găleată! mai spune el.

— Hai, Emilia, că ne-apucă amiaza, zice și mama.

Costicuță deja vine cu alt rînd de găleți, pline ochi. Mă uit la el, iar el îmi arată limba. Pe mama o doare rău spatele, așa că nu poate căra mai nimic. Cu un hîrleț, fărîmițează rostopanele de bălegar, apoi alege tot ceea ce n-are ce căuta în tezic – beldii de floarea-soarelui sau de porumb. Mă învîrt cu lehamite după o găleată. Mi-o indică tata din ochi, agățată sub streașina grajdului. N-am încotro, trebuie să mă duc la fîntînă. Cu o singură căldare, că sînt prea mică pentru două. Fîntîna e în fața casei, dincolo de gard, pe o ridicătură de pămînt. Cît scot apă, mă uit la casă. E mică, așa, ca în povești. Dacă n-ar fi atîta treabă pe lîngă ea, mi s-ar părea frumoasă. Are trei odăi, e acoperită cu țiglă, iar pereții sînt din lut. În pereți sînt înfipte bucățele de cărămidă, cam așa cum pui stafide pe prăjitură. Cărămida a fost adusă de la oraș și tata e foarte mîndru de ea. El zice că avem o casă deosebită, nu sînt multe în sat ca a noastră. Cînd o să fiu mare, eu o să locuiesc la bloc. Așa, ca tanti Lucreția și nenea Andrei. Nenea Andrei este fratele mai mare al tatei și lucrează la gară. E un fel de șef. Nu unul mare-mare, dar tot șef se cheamă că este. Tanti Lucreția e telefonistă și umblă mereu coafată, rujată și parfumată. Ea s-a născut la oraș. Mare noroc a avut! Ea, cînd vede o balegă, se ține de nas. Are unghiile date cu ojă. Nu prea vine pe la noi, la țară, dar cîteodată, în vacanță, mă trimite mama la ea. Nu-mi încap în piele de bucurie atunci. Odată mi-am băgat nasul în coșulețul ei din baie și m-am minunat că nu are numai o sticluță de ojă, ci vreo douăzeci, poate chiar mai multe. Oare o sută? Mama zice că e cam cucoană și că nu știe să țină o sapă în mînă. Mie nu mi se pare un defect, dar nu spun nimic. Ce mai, mama n-o prea înghite. Vine Costicuță, așa că înhaț găleata și o iau repejor din loc. O duc cu amîndouă mîinile. E tare grea, afurisita! Bineînțeles, pe drum mă stropesc pe picioare. Tanti Lucreția nu umblă niciodată desculță. Nici măcar în casă. Are un fel de șlapi cu motocei, foarte pufoși. De aceea nici nu are călcîiele crăpate. Îi plac tare mult lucrurile moi și pufoase. Sau catifelate. La mijlocul drumului, la colțul casei, mă opresc să fac o pauză. Clatin o bucățică de cărămidă de pe perete, care abia se mai ține. Parcă e un dinte gata să cadă. Uite că s-a desprins. Dacă mă vede tata, mă mănîncă cu tot cu pene. O arunc degrabă în curtea vecinului. Spre deosebire de dinți, colțurile de cărămidă nu cresc la loc. Casa rămîne știrbă. Dar are așa de mulți dinți, că nu prea se cunoaște. Casa noastră e un animal cu mulți dinți. Îmi vine să rîd. Costicuță și-a umplut gălețile și pornește către curte. O apuc și eu pe-a mea și o iau la picior. Vreau să ajung înaintea lui. Facem concurs, dar fără ca el să știe. Face pașii mari, de căpcăun. Mă gîndesc că poate și el face concurs fără ca eu să știu. Mă grăbesc cît pot, dar e grea, afurisita! M-am udat toată pe picioare, dar am ajuns amîndoi odată. Tata înjură. E ceva care nu-i convine. Mama se ține de șale. Mă uit în butoi să văd cîtă apă e. E abia pe jumate. Oare trebuie să fie plin?

— Haideți, că ne-apucă amiaza!, ne îndeamnă mama la treabă.

Pornesc încet spre fîntînă. După ce dau colțul grajdului, îmi pun găleata pe cap ca să-mi fac cască de neamț. Ar încăpea patru capuri de-ale mele, nu unul. Un firicel de apă mi se strecoară pe gît. Brrr! Am văzut mai demult un film cu nemți. La tanti Lucreția, bineînțeles. Noi nu avem nici măcar curent electric. Vreau la oraaaaș!, strig eu în găleată. Eu strig, eu aud. Seara stăm la lumina lămpii. Sticla se afumă, mai ales cînd flacăra e mică și gazul prost. Treaba mea este să șterg sticla. Cu atenție, să nu se spargă. Cînd am întrebat-o pe tanti Lucreția cine șterge becurile la ea, a rîs de s-a prăpădit. Cică becurile nu se afumă niciodată. E bine să ai becuri. Nici la rînd la gaz nu trebuie să stai. Vreau la oraaaș!, strig eu în fîntînă. Beau o gură de apă. E groaznic de rece, afurisita! Cărăm apă pînă spune tata că ajunge. Apoi trecem la partea care nu-mi place deloc. Dar deloc-deloc. La călcat. Tata, mama și cu mine ne suflecăm pantalonii și trecem în *călcătură*. Costicuță ne toarnă apă. Frămîntăm bălegarul cu picioarele. Parcă dansăm. Facem cîte patru cinci *călcături* în fiecare vară. Costicuță aruncă dinadins apa ca să mă stropească. Atunci cînd nu mă vede decît el, îi arăt limba. Mama și tata discută de-ale lor. Despre porc, vacă, oi, imaș, vreme, kile de lapte, gaz. Trebuie să călcăm pînă cînd bălegarul se face ca aluatul. Mă plictisesc cît șapte. Apa e tare rece, afurisita! Deși e vară, simt că îmi îngheață picioarele. M-am înțepat într-o porcărie de băț. Dau bălegarul la o parte de pe pulpă să-mi văd zgîrietura. Mama zice că, oricît ai alege, tot mai rămîn *beldii.* Tata îmi strigă să-i dau drumul mai departe, că nu-mi ies mațele pe acolo. A venit și Sanda, soră-mea. E în cămașă de noapte. Se uită fără să spună nimic, ca o stafie. Una mititică și nepericuloasă. Un pui. Mama o trimite să se spele pe ochi și să-și bea laptele.

— Cred că e gata, zice tata, putem pune paiele.

Costicuță desface un balot și presară paie peste tot. Trebuie să le înfundăm cu piciorul. Să le amestecăm bine-bine. Eu mă gîndesc la dudul din fundul grădinii. Am un apartament secret acolo. I-am șterpelit mamei un țol de cordele pe care l-am pus ca persan. Dacă mă prinde, iau o chelfăneală zdravănă. Din capete de ciucălăi mi-am făcut sticluțe cu ojă. N-am prea multe culori, că nici ciucălăii nu-s prea colorați. Din surcele mi-am făcut bigudiuri. Am găsit și un ciob triunghiular de oglindă. O strachină de lut e chiuveta. E foarte frumos acolo. Mă gîndesc că n-am făcut curat de mult. Ar trebui să culeg scamele de pe jos și să dau covorul cu oțet. Să șterg oglinda. O grămadă de treabă. Tot de acolo, de la înălțime, pot vedea dacă vin nemții în sat. Pot da alarma. Pot anunța șeful de post și pot primi o decorație. Pot fi un copil-erou. Tata ne anunță că putem trece la *tipărit.* Pregătise terenul undeva într-o latură a casei.

— Dacă e nevoie, mai putem pune și de-a lungul gardului, spune el.

Luăm boțuri de bălegar cu paie, nici prea mici, nici prea mari, și facem un fel de turte. Eu le spun mămăligi. Le punem la soare, aliniate frumos, ca soldații. Nemți sau sovietici, nu contează. Așezăm boțul pe pămînt și îl *tipărim* cu mîinile.

Cam cum bați pe cineva peste obraji cînd ți-e drag. Soarele deja frige. Mi s-a înfierbîntat capul, mă doare spatele. Mă plîng cu voce tare.

— Dar la iarnă cui o să-i fie cald? zice tata.

A venit și Sanda la *tipărit*. Ea face mămăligile mai mici. Cînd le băgăm iarna în sobă, știm care-s făcute de mine și care de ea. Uneori le ghicim și pe cele care-s făcute de tata. Îs mari și cu degetele rămase ca desenate. Tata nu le netezește așa frumos ca mama. Mie mi se par la fel ca baligile făcute de vacă pe drum. Le zic și lor chestia asta și-i întreb de ce nu le culegem așa, gata făcute.

— Așa să faci tu, cînd ăi fi la casa ta, ripostează tata.

— Eu n-o să am nevoie de tezic, o să stau la oraș, spun țîfnoasă.

După o zi de asta, dormim ca mieii.

Peste o săptămînă, trebuie să le întoarcem cu partea cealaltă la soare.

3

La atelier. Am o lună de cînd sînt la noul loc de muncă și sînt convinsă că l-am prins pe Dumnezeu de-un picior. Față de ce roboteală am tras pînă acum, aici e floare la ureche, iar salariul e dublu. Trăiască nenea Andrei! A știut el ce-a știut, de s-a zbătut atîta să-mi obțină transferul aici. Deja m-am acomodat. Știu ce am de făcut și am învățat regulile. Chiar din prima zi, șefu' mi-a zis:

— Cine are ciocu' mic o duce ca-n rai cu mine, cine nu, zboară cu-n șut în fund. Nimic din ce facem noi nu trebuie să transpire dincolo de pereții ăștia...

Șefu' e un omuleț uscat ca o scîndură, vorbește repede și nu are astîmpăr. Se mișcă toată ziua ca titirezul. Duce și aduce, face și desface. Avem materie primă, avem comenzi, avem salarii. Cunoaște toți barosanii din oraș și are o grămadă de pile la fabricile din țară. Combinatul de la Galați țipă că nu mai are tablă, iar el vine cu mașina plină. Nimeni nu știe cum reușește.

Sîntem în pauza de masă și am ieșit pe bancă, la soare. În fața atelierului e o boltă de viță-de-vie. Cam rară, că e tînără. Cică nea Culidiuc a plantat butucii. Strugurii sînt pe cale să se coacă. De dimineață am tras tare, s-au făcut opt sute de colțare pentru Mobilă, așa că după pauză frecăm menta. Cam așa se întîmplă în fiecare zi, cînd nu se ivește vreo urgență. Se așază și Sorin pe bancă. Sîntem cam de aceeași vîrstă, doar că el e venit de-un an. Din vorbă în vorbă, ajung să-l laud pe șefu'. El încuviințează din cap. Apoi îmi povestește ce-a pățit cu fostul lui maistru.

Înainte de a ajunge aici, fusese la vopsitorie. Atmosfera era împuțită rău de tot. Nu numai din pricina diluantului, care te tehuia de cap, de, atunci cînd ieșeai, mergeai pe șapte cărări, degeaba te jurai la nevastă că n-ai băut, ci și a colectivului. Se cîștiga puțin și oamenii erau răi, se pîrau unii pe alții. Maistrul era al dracului și îi plăcea să știe tot ce mișcă, așa că-i încuraja să se dea în gît unii pe alții. Și-i mai plăceau și peșcheșurile.

Prin fața noastră trece nea Pancu, cu mîinile lungi și țepene pe lîngă trup, de zici că duce două găleți cu apă.

Cine nu mergea cu cadouri putea fi sigur că nu-și putea lua din zilele libere de Paște sau de Crăciun. El, Sorin, se ținea tare. Nu-i dusese nici un capăt de ață și nici nu umblase cu vorba. Într-o bună zi, îi trimite vorbă că îl așteaptă în birou. S-a dus Sorin, cu inima cît un purice. Maistrul fuma.

— Ce mai faci tu, Sorine, care e viața ta?

— Muncesc, toarșu', ce să fac. Ca toată lumea...

— Uite, măi, băiatule, pe mine mă cam doare spatele, abia stau, vreau să te rog și eu ceva...

— Spuneți, toarșu'.

— Dă, te rog, o fugă pînă la alimentară și ia-mi o sută de grame de salam, un pateu și o pîine. Și vezi și de-o sticlă de vin, ceva mai bunișor..., a spus maistrul și i-a întins pe birou o monedă de cinci bani.

Cu cinci bani nu puteai cumpăra nici o cutie de chibrituri. A strîns din dinți și i-a cumpărat măgarului tot ce ceruse. După ce i-a zvîrlit pe birou salamul și toate alea, maistrul zice:

— Cum, băi, Sorine, dar rest nu ți-a dat?

Atunci el a ieșit trîntind ușa.

Numai că povestea nu s-a terminat aici. Peste trei zile l-a chemat din nou, cu aceeași schemă. Dar n-a mai ținut figura. Sorin, de data asta, nu s-a mai atins de bani. S-a abținut să nu-l înjure și a plecat. Din urmă, maistrul i-a trimis vorbă că-i dă două săptămîni să-și caute de lucru, că, dacă nu, oricum i se găsește o chichiță și este dat afară. Cum n-avea cui să se plîngă, mai ales că n-ar fi crezut nimeni o asemenea năzdrăvănie, își pusese în funcțiune toate pilele și ajunsese aici.

— Acu' aproape că-mi vine să-i mulțumesc dobitocului, că altfel nu mă gîndeam să-mi iau tălpășița de acolo, zice Sorin, rîzînd.

Strîngem resturile și intrăm în atelier. Distracția deja a început. Ca să treacă timpul, care joacă șeptic, care table, care moară. Numai nea Plugaru sudează, într-un colț, la ceea ce pare să fie o jardinieră. Cum dă cu ochii de Sorin, nea Ariton îl agață:

— Hai, bă, băiatule, că plînge zarurile după tine. Dintre mormolocii ăștia, nici unul nu mai vrea să joace cu mine.

Sorin îi ține hangul:

— Nea Ariton, văd că matale ți s-a făcut dor de-un marț...

Încalecă amîndoi banca de fier, pun cutia la mijloc și așază piesele. Nea Pancu și Costel își aduc scaunele, gata să chibițeze.

— Ia uite-i, zice nea Ariton, vin ca ciorile la hoit... La jucat nu se bagă, dar la căscat gura îs premianți.

— Băi, fraților, dați careva drumul la mașini, că o să creadă lumea că stăm degeaba, strigă Radu, din celălalt capăt al atelierului.

Fiindcă sînt mai aproape, mă ridic și deschid o freză, un polizor, o mașină de găurit și strungul. Apoi mă duc și trag zăvorul pe ușă.

Nea Hondrilă, un mucalit cu care s-au fript mulți, stă cu nasul în rebus. Este singurul care își bate capul cu cuvintele încrucișate și i s-a dus faima de ins deștept. Toate creioanele lui sînt roase la capăt, chiar zdrențuite. Mușcă din ele ca din pîine.

— Fiți atenți aici, strigă el, care ghicește definiția asta are de la mine o sticlă de șampanie!

— Ia s-auzim! îi răspunde careva.

— E ca o ghicitoare. Costele, ești atent?

— Dă-i drumul, s-o auzim.

— Cetățean bronzat/ Măruntel și crăcănat...

Mă gîndesc, dar nu-mi trece nimic prin cap. Doar că seamănă cu „șervețel vărgat, peste mare aruncat“, care este curcubeul.

— Ei? Care ia șampania?

— Din cîte, nea Hondrilă?

— Bună întrebare, din șase.

— Țigan!

— Nu, băi, Radule! Și-apoi, n-are decît cinci.

— Dai și matale trei sferturi de șampanie, nu una întreagă.

— Haideți să vă ajut. E un prenume... adică numele mic...

— E din calendar?

— Ei, na! Nu-i departe de noi...

— Crăcănat, zici? Măruntel și bronzat? Și din șase... N-o fi chiar Costel al nostru? zice Aurelia.

— Hai, fugi de-aici! protestează Costel.

— Bravooo, băi, bărbați, v-a luat o femeie șampania!

E drept, Costel al nostru are o paranteză de sar lejer iepurii prin ea. În plus, e și cam negricios. Mi-e ciudă că nu mi-a trecut mie prin cap prima. Costel s-a supărat. Se ridică de pe scaun și se duce să vadă rebusul:

— Ia, nea Hondrilă, arată-mi și mie, unde scrie Costel acolo... Unde zice de mine?

— Costele, degeaba te superi, te-au dat ăștia la rebus, gata! rîde Radu.

— Uite-aici, îi arată nea Hondrilă, pătrățică cu pătrățică: C-O-S-T-E-L...

— Nu, dar aia cu cetățean turmentat și crăcănat unde scrie?

— Uite-aici: diminutiv de la Constantin. Aia cu cetățeanul e de la mine...

— Păi, vezi, nea Hondrilă, zice Costel mulțumit, vezi că nu e? Oi fi eu cu picioarele strîmbe, dar prost nu-s...

La table, atmosfera este încinsă. Nea Ariton pare să spumege, iar Sorin face circ. Pe margine se rîde zgomotos. Merg și eu repede, să nu pierd spectacolul.

— Uite-așa se dau babaroazele, nea Ariton, fii atent aici, la băiatu', zice Sorin, zornăind zarurile în mîinile împreunate, pe care le duce la urechea stîngă, apoi la urechea dreaptă, face un cerc prin aer, șoptește ceva ca și cum le-ar descînta, apoi le aruncă pe tablă. Patru-patru! Ce mai vrei? Ai văzut cum se face, nu?

— Extraordinar! exclamă nea Ariton. Băăă, tu ai mîncat rahat de mic cu ghiotura. Zău așa!

— Pentru cine n-a făcut-o atunci, nu e tîrziu nici acuma, se bagă în discuție nea Pancu, dar nea Ariton îl ignoră, ca și cum n-ar fi auzit nimic.

Din cîte văd, nea Ariton nu e într-o situație roz. Are nevoie de un zar mare să iasă din casa lui Sorin, altfel riscă un marț. Învîrte zarurile în pumn, fără nici o schemă, și le aruncă. Doi-unu. Își pune mîinile în cap, disperat.

— Și doar ți-am arătat cum se face, ce Dumnezeu! îl ia în balon Sorin.

— Eu zic să te lași de meserie, Aritoane. Te duci frumușel la Comisia Națională a Jucătorilor de Table și îți pui demisia pe masă, semnat și ștampilat.

— Ia te uită ce băiat grijuliu ești, Pancule! De fiecare dată mi-aduci ghinion cînd ești pe-aproape...

— Da' știi de ce? Pentru că am o pisică neagră în buzunar aicea, iar în gînd tot zic: treișpe, treișpe, treișpe...

— Tare pontos ești tu pe margine. Dar, cînd luai bătaie de la mandea, numa' cu nasu-n fund stăteai, copt de supărare...

— Atunci era atunci, acum e acum.

— Băăi, la așa zaruri, prost să fii să nu cîștigi, pe cuvînt! se consolează nea Ariton. La troaca plină, și scroafa-i gospodină.

— Ce zici, te mai tund o tură? întreabă Sorin, mișcîndu-și umerii ca să se dezmorțească.

— Uite, ți-l las pe Pancu, șamponează-l pe el. De să-i meargă fulgii, nu alta.

— Ce zici, nea Pancule?

— Eu zic că te joci cu focul, băiețaș! face nea Pancu, ridicîndu-se de pe scaun și încălecînd banca metalică.

4

Alice ne-a făcut cu mîna de departe. A alergat înaintea noastră. Era cît pe ce să-mi picure ochii. Cînd am strîns-o în brațe, i-am simțit cărnița tare. Așadar, o ducea bine. Pînă la urmă, asta era cel mai important. Alain nu mi-a pupat mîna. Nu spun să fi făcut asta și cu tata-socru', că nici la noi nu se mai poartă. Noi sîntem ultima generație care a pupat mîna părinților. Ce să spun, mi s-a luat o piatră de pe inimă cînd am văzut că ginerică nu e negru. Globul pămîntesc avea dreptate, Canada nu e în Africa. Slavă Domnului, avea și amîndouă urechile, ceea ce era nemaipomenit. Era nițel cam spălăcit, cu genele și sprîncenele albicioase. Un strop mai înalt decît Alice și cu părul rărit, semn că avea să chelească repede. Ne-a spus „buna ziua", ceea ce mi-a plăcut. Avea un aer mai degrabă fragil. Finuț. Țucu i-a scuturat mîna de am crezut că i-o smulge din umăr. Stai, băi, omule, că-i mai defectezi ceva, l-am repezit eu în gînd. Bietul băiat, neștiind să vorbească, zîmbea tot timpul. Avea dinți frumoși, albi și bine aliniați. Se vedea că se ocupaseră părinții de dantura lui. Că-l îndopaseră cu calciu și că-l puseseră să se spele de două ori pe zi. Probabil vine dintr-o familie bună, mi-am zis. Nu era voinic, dar nici un slăbănog. Cu ficatul părea să fie în regulă, iar paharul de vin mai mult îl pupa decît să bea din el. Recunosc, mă uitam la el ca un geambaș la iarmaroc. S-a trezit așa, un instinct în mine, de animal care vrea să fie sigur că puiului său îi va fi bine. Cred că în special mamele îl au, căci pe Țucu, dacă îl întrebai a doua zi ce a observat la ginerică, ți-ar fi spus că sigur are ambele urechi. Voiam ca Alice a mea să aibă o familie frumoasă. Dacă pornea din start cu un bărbat bolnăvicios și cu vicii, n-o aștepta decît o viață plină de chinuri. Una peste alta, impresia despre Alain a fost pozitivă. Era foarte tandru cu ea. O alinta din priviri și îi făcea toate moftu-rile. Se purta cu ea de parcă era o prințesă. Nu degeaba i-am pus eu numele ăsta, Alice. Dar, dincolo de tandrețe, părerea mea este că-i impor-tant și organismul. Pe un bărbat care schimbă spitalele ca pe apa de la flori, nici mama tandreții nu-l salvează. Eu nu pot concepe un bărbat care nu-și poate duce copilul în cîrcă. La bile negre, aș mai pune îmbrăcămintea. Alain al nostru a venit înțolit ca la discotecă. Avea o pereche de blugi și o cămașă cu mînecă scurtă. În picioare, adidași. Nu știu cum o fi la ei, dar la noi nu așa te îmbraci cînd te duci să pețești fata. Asta era ce avea el mai bun? Țucu nădușea de mama focului în cos-tumul lui cu dungulițe, iar mie îmi ieșeau buli-nele pe ochi, că mă rodea o cusătură. Deh, suferă baba la frumusețe! Alice era proaspătă ca o flori-cică și toată numai zîmbet. Avea fălcuțe. Se vedea că o duce bine. Și era îmbrăcată ca lumea, cu o rochie ușoară de in, iar în picioare purta o pe-reche de sandale drăguțe. Nu că mă laud, dar la gust mă moștenește. Pe Țucu poți să-l îmbraci într-un sac și să-i dai drumul prin oraș, pentru el tot aia-i.

De mîncare nici nu vreau să-mi amintesc. Alain a luat o salată și doi pești leșinați, cu o feliuță de lămîie, de m-am speriat că ține regim. Am crezut că mă înșelasem în legătură cu ficatul. Dar nu, cică așa mănîncă ei, te miri ce, trei lulele, trei surcele. Frugal și dietetic. De-aia ajung să trăiască nouj' de ani, de le ies copiii la pensie așteptînd moștenirea. Ei, cînd ies din serviciu, îs binemersi, se apucă de vizitat lumea. Ei și japonezii. Țucu a luat o ciorbă de burtă și ceafă la grătar cu cartofi prăjiți. Mie nu prea mi-era a mînca, așa că am luat cinci mici cu muștar. Alice, sărăcuța, nu a apucat să bage mai nimic în gură, că tot a trebuit să traducă ba pentru noi, ba pentru el. Ea a comandat tot pește. Ca să fie la fel cu el, zic eu. Atunci am văzut pentru prima dată că nu prea ai ce să vorbești cu un străin. El le știe pe ale lui, noi pe ale noastre. Pe el nu-l interesează pensiile noastre de mizerie, iar noi habar n-avem cum e treaba pe la ei. Ce să spun, a fost destul de greu. Alain a spus că în România mai sînt multe de făcut, dar că e o țară frumoasă. Asta știam și noi. A întrebat cum a fost comunismul. Cînd i-am spus că eu o duc mai rău acuma ca înainte de revoluție, a făcut ochii mari și a întrebat „De ce?". Bărbată-miu mi-a făcut semn pe sub masă. Cum să-i explici? Ar fi trebuit să vorbesc pînă dimineața ca să-l fac să înțeleagă. Ar fi trebuit să-i povestesc toată viața mea. Apoi a spus că el se bucură că a căzut Ceaușescu, că altfel n-ar fi cunoscut-o pe Alice. Și a rîs. Aici avea dreptate.

Seara am mers cu toții la noi acasă. Deși ferestrele erau larg deschise, era cald ca-n brutărie. Am pus în funcțiune ventilatorul cel nou și m-am felicitat pentru idee. De ciorba și de friptura mea nu s-a atins decît Țucu. Alice a mîncat pe nerăsuflate două plăcinte, iar Alain a ciugulit firmiturile care au căzut de la ea. De țuică nici n-a vrut să audă. La cerere, i-am făcut un ceai de mentă cu gheață. Nu pot spune că a fost frumos, dar a fost ca în familie. Ei s-au dus devreme la somn, iar noi am mai rămas la televizor.

— Auzi, știi la ce mă gîndeam?

— Mm?

— Băiatul ăsta, Alin...

— Alain!

— Io-i zic Alin, dă-mi pace!

— Ce-i cu el?

— Păi, pe băiatul ăsta, dacă îl pui să care o roabă cu mortar, cade lat după zece metri.

— Și?

— Zic și eu...

— La ce să care mortar, că doar lucrează la bancă.

— Mda, și tu ai cumva dreptate.

Apoi am adormit amîndoi.

A doua zi, copiii au plecat să viziteze mînăstirile din nordul Bucovinei. Lui Alain i-a fost rău tot drumul. Fiindcă a schimbat apa, eu așa zic.

Apoi au plecat în Canada. Dacă stau bine și mă gîndesc, Alain n-a cerut nici pînă acum mîna fetei. De parcă au venit doar așa, să se plimbe.

Sau poate că altele sînt obiceiurile pe la ei. Dar aici vinovată este Alice. Ea trebuia să-i explice că la ei e ca la ei, iar la noi e ca la noi. Apoi au făcut nuntă. Au vrut să ne plătească biletele de avion să venim și noi, dar mie mi-e rău și cînd merg cu bicicleta, darămite să zbor. Țucu, cît e el de hăbăuc, s-ar fi dus. Du-te, bărbate, du-te învîrtindu-te, i-am spus eu, poate vrei să vezi cît de cald și bine e într-un stomac de rechin. Oricum el n-avea cum să meargă, fiindcă trebuia să aibă grijă de animale. Cît ne-am mai certat și din pricina asta! După revoluție, fabrica lui s-a dus la vale, ca multe altele. Așa că s-a trezit pus pe tușă. A mai încercat el să găsească de lucru pe ici, pe colo, dar fără succes. Să se ducă la pus faianță în Italia, era prea bătrîn. Cum părinții îi muriseră înainte de '89, de gospodăria părintească se ocupa o soră de-a lui, Catrina. Deci ce s-a gîndit Țucu al meu? Să se întoarcă la țară și să se ocupe de agricultură, să crească păsări și purcei... Mai ales că e aproape de oraș, la douăzeci de kilometri, și sînt autobuze din oră în oră. Vreau să spun că am sărit ca arsă. I-am pus în vedere clar:

— Știu că mănînc covrigi la oraș, dar eu la țară nu mă mai întorc!

A fost un moment dificil, ne-am hărțuit unul pe altul vreo două luni. Banii erau pe sponci, viața era tot mai scumpă, așa că am căzut la o învoială: el să se ducă cîteva zile pe săptămînă acolo, iar eu rămîn aici, în apartament. Treburile s-au reglat cumva, deși, de fiecare dată cînd se întoarce, îi simt mirosul de bălegar pătruns în haine. Să mă fi întors atunci la țară ar fi fost ca și cum aș fi trăit degeaba. Ajungeam de unde plecasem. Ca și cum aș fi fugit degeaba cîndva de acasă, ca și cum m-aș fi întors, după mulți ani, cu coada între picioare. Numai la gîndul ăsta și se trezea în mine furia de cînd eram copilă, teama de a nu fi taxată ca proasta satului.

Acum, după atîția ani de căsnicie, pot recunoaște că m-am dat greu la măritat. Bietul Țucu îmi dădea tîrcoale de cîteva luni, iar eu abia îl băgam în seamă. Îmi plăcea de el, că era elegant pentru vremea aceea, era îngrijit și mirosea a parfum, avea simțul umorului și vorbea despre filmele de la cinema, dar avea o singură hibă: era de la țară. Eu voiam un orășean. Unul care nu umblase în viața lui desculț. Chiar dacă se purta exact ca tinerii de la oraș, că un sat de la douăzeci de kilometri distanță e altceva decît unul de la șaptezeci, eu știam sigur că e de la țară, îmi spuseseră colegele de cameră. Locuiam la un cămin de nefamiliști, pe atunci. El făcea tot felul de gesturi ca să mă cucerească și nu înțelegea de ce eu rămîn ca un sloi de gheață. Cînd venea la noi în cameră, la cămin, era sărbătoare. Aducea sucuri, înghețată și prăjituri pentru toată lumea. Se făcea că el adică nu vine pentru mine, ci așa, ca să vadă ce mai fac fetele, căci pe unele le știa de mai demult, fuseseră colegi. Dar, bineînțeles, toate știau că eu sînt ținta. Povestea cu atîta haz, că fetele erau pe sub pat de rîs. Numai eu abia zîmbeam, deși, după ce pleca, mi se întîmpla să mă pufnească rîsul amintindu-mi glumele lui. Cel mai mult îl nedumerea faptul că eu nu ies cu nimeni altcineva, că așa ar fi înțeles. Se interesase la fete dacă am vreun alt amor, i-au spus că nu, dar mi-au raportat și mie numaidecît că întrebase. Erau bucuroase să ne spună unuia despre celălalt. Prin ele, purtam un fel de corespondență. Dacă voiam să-i transmit ceva, era suficient să mă destăinui vreunei colege sau să spun așa, ca din întîmplare, cînd eram între noi și stăteam la palavre. Odată, fără nici un fel de intenție, am zis că-mi plac la nebunie caisele. A doua zi, Țucu, pe lîngă sucuri și prăjituri, s-a înființat cu o sacoșă de caise. Poșta funcționa perfect. Cred că și ele erau curioase să vadă cît am să rezist și, mai cu seamă, de ce. Eu nu le-am spus niciodată adevăratul motiv. Mereu ziceam doar că nu sînt gata de măritiș, deși la vîrsta aceea cam era timpul s-o fac. Poate că aștepți un prinț pe un cal alb, rîdeau ele de mine. Îmi amintesc că se apropia ziua mea de naștere. Nu eram cine știe ce bucuroasă, căci de obicei nu se întîmpla mare lucru. Ieșeam cu fetele de la mine din cameră la o terasă, să le fac cinste. Primeam puține felicitări, căci eu nu trîmbițam că, uite, e aniversarea mea. Într-un fel, eram destul de retrasă. Ei bine, în acel an, de cum am ieșit din cameră, toată lumea îmi ura „La mulți ani!", amuzată. M-am mirat, dar mi-am spus că fetele or fi întins vorba. Pînă și portarul de la cămin m-a felicitat. Ticălosul de Țucu vorbise cu nu știu ce prieten de-al lui, un fel de pictor, și împînzise căminul cu afișe. Era desenat capul meu, deasupra scria „Wanted", ca în filmele cu cowboy, atunci cînd șeriful caută un răufăcător, iar dedesubt era completat: „Dacă vedeți această persoană astăzi, urați-i «La mulți ani!», este ziua ei". Și pe atunci nu erau fotocopiatoare, ca astăzi, toate afișele fuseseră făcute la mînă. Portretul semăna destul de bine, cred că era făcut după o fotografie. Nici pînă în ziua de azi nu știu care a fost trădătoarea care i-a furnizat-o. M-am și enervat, m-am și distrat. Săptămîna următoare am acceptat să ies cu el în oraș, numai ca să aflu cu cine complotase. Dar Țucu și-a ținut gura. În schimb, am aflat că la ei în sat nu se face tezic, așa că, fără să-mi dau seama, a început să-mi devină mai simpatic. Am continuat să ieșim cînd și cînd, fără nici un plan de viitor din partea mea. Tot timpul eram atentă să-i descopăr defectele, adică purtările de băiat de la țară. Dar n-am avut prea mult succes. I-am studiat pînă și felul cum strănută. Remarcasem că orășenii get-beget nu strănută sonor, să se audă peste munți și văi, ca și cum ar fi făcut nu știu ce mare ispravă, ca și cum strănutul zdravăn este un semn de sănătate, ci, dimpotrivă, mai degrabă îl ascund după palme, îl înghit pe jumătate. Ei bine, Țucu strănuta ca un orășean. Pînă la urmă a trebuit să accept că nu-i vina lui că s-a născut la țară. Și în definitiv nu era decît de la douăzeci de kilometri de oraș. Așa că am făcut nuntă. Abia acum, odată cu vîrsta și cu necazurile, Țucu al meu și-a descoperit talentele de țăran, dar deja e prea tîrziu. Oricum, așa cum i-am spus și atunci, cînd voia să ne mutăm cu totul, el pe mine la țară nu mă prinde, decît ca musafir.

Alice și Alain ne-au trimis fotografii de la nuntă. Nici nu zici că-s făcute în Canada. Scaune ca la noi, mese ca la noi, oameni cu două mîini și două picioare. Doar după peștii leșinați din farfurii îți dai seama că nu-i nuntă românească sută la sută.

Dacă le-ar fi pus niște sarmale adevărate sub nas, cred că s-ar fi bătut turcii la gura lor. Dar ceea ce mi-a plăcut e că și la ei mireasa e îmbrăcată în mireasă, iar Alice arăta ca un crin înflorit. Acum o săptămînă a fost Catrina la noi și i le-am arătat și ei. S-a uitat fără să spună nimic, iar la sfîrșit a început să lăcrimeze. Ce e cu tine? am întrebat-o. A dat din mînă că nu-i nimic. Abia după un sfert de oră de povestit alte lucruri, mi-a mărturisit că plînsese cînd a văzut ce frumoasă e Alice îmbrăcată în alb. Ea nu avea decît un băiat, dar tare își dorise o fată. În sufletul ei, o adoptase pe Alice. Strînsese bani pentru nunta ei și încă îi mai păstra. Dar tare ar fi vrut să o vadă mireasă. Cînd i-am spus că între timp Alice așteaptă un bebe, s-a pus pe bocit de-a binelea.

Apoi a vorbit de nunta mea și-a lui Țucu, răscolindu-mi și mie tot felul de amintiri.

Înainte de a mă căsători, deja mă împăcasem cu părinții, dar ei tot timpul speraseră că mă voi întoarce în sat. De fapt, cred că ăsta a fost unul din motivele împăcării. Dacă rămîneau supărați veșnic pe mine, nu exista nici o șansă să mă întorc, dar, dacă îmi întindeau o mînă, se mai putea discuta. Cred că nenea Andrei îi sfătuise astfel, dar sînt sigură că în spate era capul mătușii Lucreția. Ne împăcaserăm, dar nu mă iertaseră. Simțeam foarte bine asta. Cînd au auzit că vreau să mă mărit la oraș, au știut că nu mă mai pot aduce înapoi. Așa că n-au fost prea entuziasmați de nunta ce urma să aibă loc. L-am dăscălit bine pe Țucu înainte de a merge să li-l prezint, dar el nu m-a ascultat și s-a descurcat mult mai bine decît îl puteam învăța eu. Am stat atunci trei zile. În prima, le-a arătat cît de elegant și politicos este, fără să facă pe sclifositul și pe orășeanul. În a doua zi, a fost cu mama și cu tata și a vizitat gospodăria, le-a lăudat purceii și găinile, a dezmierdat vaca, s-a arătat extrem de interesat de tehnologia fabricării tezicului, nemernicul. Iar în a treia zi a cerut niște haine mai ponosite și, cu toate protestele lor firave, a pus mîna și i-a ajutat la treabă. Cînd am plecat de acolo, singurul lor regret era că Țucu nu-i un băiat de la noi din sat. Ba chiar cred că ar fi preferat să-l aibă fiu în locul meu. Cu toate astea, la nuntă nu au fost foarte veseli. Dar măcar au venit.

Catrina era foc de nemulțumită de Țucu. Cică, de cînd venise el, gospodăria părinților lor era vraiște. Nu semăna la timp, nu stropea, nu prășea și nu culegea la timp. Se dădea că le știe pe toate, dar mereu amețea lucrurile. Jumătate dintre păsări muriseră, iar de cele care rămăseseră trebuia să te rogi să facă un ou. În vară nu copilise roșiile, așa că erau ditamai tufele, dar roadele fuseseră cît cireșele. Morcovii erau deși și mici. Buruienile crescuseră cît porumbul. Prunii erau plini de omizi. Merele abia erau cît nucile.

— Degeaba se dă țăran, rîde satul de el! zice ea.

Carevasăzică avusesem dreptate în tinerețe, cînd l-am ales.

5

Sînt la oraș. Sînt la oraaaaș! La tanti Lucreția și la nenea Andrei. Ei dimineața pleacă la serviciu și rămîn singură în toată casa. Dimineața, e casa mea. Nu-mi lasă mare lucru de făcut. Trebuie să aerisesc camerele și să strîng așternuturile. Să spăl vasele și să dau cu mătura dacă e nevoie. Să șterg mobila de praf. Și bibelourile. Au o grămadă de bibelouri. Mie cel mai mult îmi place un cocor care e gata să-și ia zborul. Spui că acum-acum se desprinde și dă cu capul de tavan. Cade și eu îl pansez. Fac o faptă bună. Cînd voi fi la ananghie, și el mă va ajuta pe mine. Dacă voi fi vreodată pe o insulă pustie și fără nici o posibilitate de salvare, cocorul mă va lua pe aripile lui și mă va duce în cel mai apropiat oraș. Adun scamele de pe jos și dau covorul cu oțet. Strîng rufele puse la uscat în balcon. Spăl chiuveta din baie. Șterg oglinda. Frec faianța. Ce diferență este între baia lor și closetul nostru din grădină! La noi, printre scîndurele bate vîntul. Iarna pătrunde și zăpada. Spăl toți pantofii și apoi îi dau cu cremă. Ce de pantofi are nenea Andrei! Ce de sandale are tanti Lucreția! Au dat o grămadă de bani pe ele. La oraș oamenii au mulți bani. La noi, la țară, sînt așa de puțini, că mama îi înnoadă în batistă. Mama poartă gumari și tata opinci. Banii sînt scumpi, spune mereu mama. Ei se duc pe gaz, sare, zahăr, ulei și caiete pentru școală. Oare la oraș banii sînt mai ieftini? Uneori cumpărăm și pîine. Atunci cînd mama nu se simte bine și nu coace. La oraș oamenii au bani să cumpere desert. Adică dulciuri. Uneori iau și fructe. Noi la țară avem fructele în copaci, nu dăm bani pe ele. Măcar atît! Aaa, trebuie să-i dau mîncare și lui Pufi. Tanti Lucreția mi-a lăsat supică și o bucățică de carne pentru ea. Pufi e pufoasă. De aici îi vine și numele. Nu e maidaneză, e de rasă nobilă. Cred că se trage dintr-o familie de prinți și strămoșii ei au trăit la un castel. De aceea e foarte curată și foarte mofturoasă. Ca tanti Lucreția. Parcă ar fi surori. La noi în sat oamenii umblă neîngrijiți. După ce ies din casă, nu rămîne miros de parfum în urma lor. Cred că parfumul costă bani. Mereu sînt cu picioarele murdare și cu cămașa udă în spate, de parcă au cărat o bucată de gheață. Cel mai curat om de la noi din sat este tovarășul profesor Sebastian Protopopescu. Umblă la costum și la cravată și are pantofii lustruiți. Dar el nu s-a născut la noi în sat, e venit. Cu el facem matematica. E foarte deștept, rezolvă exercițiile în minte. Nici tovarășul director nu e așa curat ca el, pe hainele lui mereu sînt fire de fîn. Odată chiar a venit descheiat la pantaloni. Noi, copiii, cînd ieșim de la școală, îl vedem cum face treabă în ogradă. Adapă animalele sau descarcă fînul. Tovarășul profesor Sebastian Protopopescu nu face așa ceva. Cel mult îl vedem fumînd. Cică este așa de deștept pentru că pe vremuri a predat la studenți. Înainte de a veni la noi în sat, normal. M-am și mirat că s-a stabilit la școala noastră, așa că l-am întrebat pe tata. Nici tata nu știa prea bine, dar a spus că trebuie să fie un dușman al poporului. Adică nu ține cu comuniștii. Ori a făcut parte din clica regelui, ori a fost legionar, ori s-a întîmplat ceva. Mie nu mi s-a părut prea dușmănos. Vorbea frumos cu noi și era tot timpul bărbierit.

— Și de ce l-a trimis la noi în sat?

— Ca pedeapsă.

— Dar la noi în sat trăiesc oamenii pedepsiți? E ca o închisoare?

— Nu știu, mai întreab-o pe mă-ta!

Eu nu vreau să fiu pedepsită, eu vreau la oraș. Eu nu sînt dușman al poporului. Totuși, cum poate fi un dușman al poporului așa de deștept? Și cum adică dușman al poporului? Mi-am imaginat că de o parte este tovarășul profesor Sebastian Protopopescu, iar de cealaltă e poporul. Primul îl dușmănește pe cel de-al doilea. Nu-l iubește. Poporul e ca un om cu multe capete, multe mîini și multe picioare. Dacă ar fi să se bată, tovarășul profesor Sebastian Protopopescu n-ar avea nici o șansă, oricît de deștept ar fi el. Dar tovarășul profesor nu are față de dușman. Poate că noaptea se transformă. Îi cresc coarne și gheare ca niște săbii. Poate chiar colți ca la elefant. Și atunci da, se poate lupta cu poporul. Dar numai și numai noaptea. În baie, dau din nou de sticluțele de ojă. În coșuleț. Sticluțele sînt ca niște castele pentru spiriduși. Odată, tanti Lucreția mi-a făcut și mie unghiile. Rîdea și mă întreba dacă îmi place. Cît timp am mîncat, m-am uitat numai la unghiile mele. A spus că o să facă din mine o orășeancă, fiindcă am stofă. Însă nu prea s-a ținut de cuvînt.

După vreo săptămînă m-a dus înapoi la ţară. Dar, cînd am fost cu ea în oraş, mi-a luat o pălărioară pe care am uitat-o după aceea în vagonul cu grîu. Îmi place să merg cu tanti Lucreţia în oraş. Îmi cumpără îngheţată şi sucuri. Şi ciocolată. Dă o grămadă de bani. Cît gaz şi cîtă sare s-ar putea lua de banii ăştia, ă-hăă! Noi nu folosim prea multă sare, dar oile, da. Toată iarna ling la bolovanii de sare. Parcă îşi ascut limba. Aşa le place lor. Şi cred că şi caprelor. Că de aceea capra cu trei iezi le aduce drob de sare în spinare. Prosoapele din baie sînt moi. Îmi place să-mi lipesc obrajii de ele. E frumos să faci curat la oraş, te poţi gîndi la o grămadă de lucruri. Şi nu-i greu deloc. Apa n-o cari cu găleata, curge prin robinete. Poţi să iei o cană, o găleată sau un butoi, cît pofteşti. Poţi să umpli o cadă şi să faci baie. Noi ne spălăm într-un ciubăr de lemn. Vara îl lăsăm plin cu apă la soare, ca să se încălzească. Iarna e mai greu. E multă trămbăleală cu încălzitul apei pe plită. Deşi la oraş oamenii sînt mai curaţi, fac baie mai des. Asta nu prea înţeleg. În cadă te poţi lăsa frumos pe spate sau chiar poţi înota. În ciubăr stai ciuci sau în genunchi. Nici vorbă de zbenguială. Odată tanti Lucreţia m-a luat la ea la serviciu. A fost nemaipomenit. Ea şi încă două, trei colege de-ale ei stăteau cu nişte căşti pe urechi şi băgau nişte fire în nişte găurele cărora le spuneau fişe. Erau o grămadă de fişe din astea şi tanti Lucreţia ştia unde vine fiecare fir. Le schimba între ele. „În funcţie de comandă", aşa mi-a explicat. Vorbea continuu. „Bălţaţii? Bălţaţii, mă auziţi? Acum aveţi legătura. Trăiască lupta pentru pace!" „Alo, Costeştiul? Mă auziţi? Aveţi o legătură cu Hîrtoapele. Trăiască Republica Populară Română" sau „Trăiască poporul român muncitor!". Numai așa spunea. Dar totul era foarte curat și ea avea unghiile roșii-roșii. Uneori vorbea și prin somn, că m-am și speriat. Cu voce metalizată, ca la serviciu. Am auzit-o din camera de alături. Dădea legătura de colo-colo și le ura celor de la capătul firului ceva cu înfrățirea între popoare. Cunoștea o grămadă de lume, tanti Lucreția. După ce am ieșit de la serviciu, mi-a dat un suc și o prăjitură la cofetăria „Trei ursuleți". Altă dată am fost cu nenea Andrei. La gară. Dar nu acolo unde se dau bilete, ci într-un loc pe care îl numeau „pe rampă". Toată lumea îl saluta. Mai ales muncitorii care încărcau în vagoane. Nenea Andrei avea un carnețel și nota mereu cu pixul cîte ceva. A venit un om care vorbea într-o limbă străină. Rusește. Întotdeauna m-am întrebat de ce sovieticii vorbesc rusa, și nu limba sovietică. Pe om îl chema Volodea. Tovarășul Volodea. Tovarășul Volodea îi spunea lui nenea Andrei Vasea. Nenea Andrei vorbea cînd românește, cînd rusește. Niciodată nu am știut că nenea Andrei are două nume. Adică și Andrei, și Vasea. Muncitorii încărcau grîu. Doamne, cît grîu putea să fie acolo!

— Ce poți să faci cu atîta grîu? l-am întrebat eu.

Nenea Andrei a rîs și mi-a ciufulit părul. Mi-a explicat cu răbdare, uitîndu-se la tovarășul Volodea, care zîmbea. Am înțeles că la noi în țară nu se face grîu prea bun. Are bobul mic și se strică repede. Dar că în Uniunea Sovietică oamenii de știință au inventat un grîu mult mai bun. De aceea sovieticii, ca niște frați mai mari, s-au hotărît să ne ajute. Noi le dăm cinci vagoane de grîu prost, iar ei ne dau unul de grîu bun, pentru sămînță. Dar de fapt grîul cel bun valorează mult mai mult, pentru că nu-l găsești nicăieri în lume. În cîțiva ani puteam avea și noi un grîu la fel de bun ca și la ei. Așa e între frați, cel mai mare îl ajută pe cel mai mic. Tovarășul Volodea a dat din cap că da, așa este. După ce a plecat tovarășul Volodea, nenea Andrei mi-a dat voie să mă urc într-un vagon de grîu și să mă joc. Am intrat pînă la chiloței în grîu. Apoi am înotat. M-am jucat pînă m-am plictisit. Pînă la urmă mi-a părut foarte rău că m-am băgat acolo, fiindcă mi-am uitat pălăriuța înăuntru. Am plîns după ea toată seara. I-am explicat lui nenea Andrei că îmi amintesc perfect unde am lăsat-o. În vagon, agățată de un șurub. Pentru că mi-era frică să n-o murdăresc. Dar nenea Andrei mi-a spus că nu-i nimic de făcut. Că vagoanele sînt sigilate, gata de plecare. Poate chiar au și plecat... Mai am de spălat aragazul și gata! Dacă stai mult cu obrajii într-un prosop moale, poți să și adormi.

6

Două sunete prelungi și unul scurt ne anunță că e careva de-al nostru la ușă. Nu ne deranjăm prea mult, doar ne întrebăm cine o fi. Cineva trage zăvorul și apare șefu' cu o navetă de bere în mîini:

— Gata, puișori, haideți, că avem treabă! E afară o mașină cu cincizeci de paturi, la descărcat.

Nimeni nu comentează. Strîngem jocurile și ne mobilizăm. Înțeleg că sînt paturi de la internatul unui liceu, le pregătesc pentru începerea noului an școlar. Noi trebuie să le reparăm și să le vopsim. Și asta cît mai repede. Trebuie să stăm pînă le terminăm, ca peste noapte să se usuce și a doua zi să fie înapoi. Descărcatul merge repede. E vorba de paturi metalice, cu picioarele rabatabile, așa că sînt ușor de manevrat. Ne dă o mînă de ajutor și unul dintre portari, cel mai tînăr. La fabrica noastră sînt trei porți, una principală și două secundare. Atelierul nostru este chiar lîngă una dintre cele secundare, pe unde intră de obicei mașinile mari. Ca să nu ocolim, dimineața intrăm și noi tot pe-aici, de aceea ne știm bine cu paznicii.

Șefu' se uită la paturi, pe toate părțile. Ne spune ce avem de făcut. Nu e mare lucru de reparat: nituri sărite pe ici și colo, cîte o sudură fisurată, vreun arc lipsă.

— Cuminței copiii ăștia de la liceu, zice șefu' zîmbind, nu le-au suprasolicitat...

— Ehe, pe vremea cînd am făcut eu liceul..., spune nea Ariton.

— Da' cînd ai făcut, bre, tu liceul? Eu credeam că ai două clase mai mult ca trenul, mușcă nea Pancu.

— Eu am făcut două licee, nu unul, dacă vrei să știi. Și pe ăla de pe Viilor, și pe ăla de pe Națională...

— Ia te uită unde se ascundea geniul!

— Cărămidă cu cărămidă le-am făcut... Lucram în construcții pe vremea aia.

Separăm paturile bune de cele care necesită reparații și ne împărțim și noi în două echipe. Ne hotărîm destul de greu, pentru că toți fug de vopsit. E migălos și destul de incomod. În plus, e mirosul de diluant, care îți face capul cît o baniță. Fetele, adică eu și cu Aurelia, fiindcă se presupune că avem mai multă răbdare, sîntem repartizate din start la dat cu pensonul. Nea Hondrilă se oferă voluntar. Sorin nici nu vrea să audă, e sătul de vopsea pînă-n gît. Pînă la urmă cedează Radu, cu condiția să i se dea un spor la bere. După ce ne vede organizați, șefu' dispare cu omul de la internat, probabil administratorul.

Nea Hondrilă ne ia deoparte și ne explică planul lui. Aurelia și Radu sînt entuziasmați, doar eu am o reținere:

— Păi, așa ne trebuie o grămadă de vopsea.

— Asta e grija ta? Vopsea nu este? rîde nea Hondrilă.

Zis și făcut. Încropim o cuvă de tablă, un pic mai mare decît dimensiunile patului și înaltă de vreo patruzeci de centimetri. Asta e floare la ureche. Aducem un butoi de vopsea și umplem cuva pe trei sferturi. După asta începem să botezăm paturile. Doi oameni sînt suficienți. Fiecare cu cîte două cîrlige, apucă de o parte și de alta patul cu picioarele strînse și îl scufundă în baia de vopsea. Le agățăm cu cîrlige de șina macaralei rulante din curte. O macara de mici dimensiuni, pe care o folosim pentru descărcarea baloților de tablă din mașini. Cinci paturi nea Hondrilă cu Aurelia, cinci eu cu Radu, și tot așa. Dedesubt, pentru scurs vopseaua, punem foi de ziar. Ziare avem în prostie, că sîntem cu toții abonați la *Scînteia*. E obligatoriu, ne oprește bani pe statul de plată. Abia dacă le mai răsfoiește unul sau altul, dar cele mai multe sînt nedesfăcute. Eu mai duc la țară din ele, pentru aprins focul. De pe paturi, curge vopsea într-o veselie, dar treaba merge strună. Nu apucă să repare cei de dinăuntru în ritmul în care le botezăm noi.

— Pauzele lungi și dese, cheia marilor succese, zice Aurelia.

Nea Hondrilă își continuă rebusul lui, iar Radu dă o fugă înăuntru, să facă un pic de mișto de cei care fugiseră de vopsit. Îi amintesc Aureliei că-mi promisese un kilogram de portocale. Soțul ei lucrează ca gestionar la un complex alimentar, așa că se poate învîrti de tot felul de bunătățuri. Îmi povestește ce-a pățit bărbată-su. Primiseră destul de multă marfă, chiar și portocale. Ca să nu se trezească cu geamurile sparte din pricina îmbulzelii, portocalele se dădeau la ușa din spate. O coadă, ceva de speriat. Puhoi, nu coadă. Mulți bătrîni cu nepoți. Îi era clar că nu ajunge la toată lumea, așa că a trimis vorbă celor din capăt să nu mai stea, că o fac degeaba. Dar nimeni nu se clintea. De răul copiilor, probabil. I s-a cerut să nu mai dea cîte un kilogram, ci cîte jumătate. Nu numai că jumate e nasol la cîntărit, ci cei din față făceau și ei scandal, că stătuseră o grămadă și voiau ca măcar să se aleagă cu ceva. Situația era destul de tensionată. Bineînțeles, puseseră trei lăzi deoparte, să le împartă între ei, vînzătorii, la sfîrșitul programului. Cît timp el încerca să domolească spiritele acolo, în spate, să împace și capra, și varza, un grangur de la Securitate, care era în trecere, a vorbit cu șeful magazinului să-i dea și lui o ladă. De parcă mahărul n-ar fi putut lua de la cantina partidului sau din altă parte. Dar nu, așa voiau mușchii lui, să ia pe loc. Șeful nu avusese încotro și-i dăduse. Grangurul, îngîmfat, n-a tras mașina în față, ca să strecoare lada în portbagaj, ci a pus șoferul să o care pînă în parcare. Bineînțeles, lumea a văzut și au început vociferările. Grangurul o ștersese, iar ei au trebuit să tragă ponoasele. Vreo cinci inși de la coadă, ca un fel de delegație, au intrat cu forța să verifice ce marfă mai este în magazie. Cu îmbrînceli și ghionteli. Cu amenințări de ambele părți. Erau atît de nervoși cetățenii, încît n-a lipsit mult ca ei, gestionarii, s-o încaseze urît de tot. În fine, au găsit cele două lăzi, ceea ce n-a schimbat prea mult situația, oricum nu ajungea pentru toți. S-au sfătuit cei de la coadă, s-au certat între ei și pînă la urmă le-au cerut să vîndă cîte o portocală, cu prioritate pentru cei care au copii. Așa că sărmanul bărbată-su vînduse cîteva ceasuri portocale cu bucata, sub privirile dușmănoase ale cumpărătorilor. Cel mai urît se uitau copiii, cărora li se spusese că nenea de-acolo, care vinde, fură portocale, de asta nu ajunge și pînă la ei.

De asta nu-mi adusese portocalele promise.

Dau din cap că înțeleg, iar ea îmi spune că poate pe săptămîna viitoare...

— Dar banane? întreb eu.

— E-he-hee, astea-s cu cizme roșii.

Într-un tîrziu, apare șeful, în Aro cu administratorul. Trage cu portbagajul spre ușa atelierului și face semn către doi băieți să descarce. Apoi șefu' și administratorul vin să inspecteze ce treabă am făcut. Omul de la liceu dă din cap mulțumit, apoi spune:

— Nu era nevoie să dați și partea pe care stau saltelele.

— Lasă, îs mai frumoase așa... și-apoi nu mai ruginesc, zice șeful, făcîndu-ne cu ochiul.

După ce mai stau de vorbă între ei, stabilind detaliile pentru a doua zi, cel care cred eu că este administrator se urcă în Aro și dispare. Șefu' ne cheamă pe toți înăuntru. Pe bancul de lucru, pe saci de plastic, nea Culidiuc trecuse cu transatul la cel de-al doilea porc.

— Ăștia-s hrăniți cu resturi de la cantină, ia uite ce cărniță bunuță au! zice el.

Se pricepe, doar locuiește la casă. Ne numărăm cîți sîntem și începem să împărțim carnea. Bucățile mai bune sînt puse din capul locului deoparte, pentru șefu'. Nea Culidiuc strînge sîngele cu o cîrpă, pe care o stoarce în găleată. Cere o bere.

— Băăi, să nu-i uitați pe portari de la porție. Îi puneți pe amîndoi, spune șefu'.

Refacem socoteala. Este pentru toată lumea. Eu privesc, mirîndu-mă. Pentru ceilalți e ceva obișnuit. Își amintesc de cașuri, de un butoi de ulei sau de un sac de țigări Carpați, pe care le-au împărțit în alte ocazii.

Merg spre casă, veselă, cu peste zece kilograme de carne.

Cînd mă vede ce scot din sacoșă, Țucu fluieră:

— Pfiuuu, ai spart o măcelărie, ceva?

7

După plecarea Catrinei, rămăsesem cu gîndul tot la trecut. Umblam prin casă și mormăiam de una singură. Cînd ești în vîrstă, o astfel de îndeletnicire este plăcută. Te răfuiești cu nu știu care, dai replici care nu ți-au venit pe moment, zîmbești amintirilor frumoase, reiei filmul evenimentelor ori de cîte ori ai chef, ca să înțelegi de ce lucrurile s-au petrecut într-un anumit fel, și nu în altul. Toată viața ta e acolo, cu tine, în aceeași cameră. Planurile tale sînt mai degrabă planuri de trecut decît de viitor. Rearanjezi mereu aceleași piese, fără să te plictisești o clipă. Așa cum copiilor – și Alice n-a făcut excepție – le place să asculte de nenumărate ori aceeași poveste. Doar discuțiile cu cei de aceeași vîrstă cu tine ți se par interesante, căci numai așa poți găsi piese noi, care sînt din ce în ce mai rare. Iar dacă trecutul a fost unul frumos, în timp ce prezentul e un dezastru, bombăneala e obligatorie.

Cînd a sunat telefonul, tocmai îl făceam cu ou și cu oțet pe Țucu, fiindcă își lăsase o pereche de șosete aiurea, cu toate că el, de fapt, nu era de față. La ora aceea nu putea suna decît Alice. De cînd era însărcinată, telefona mai des decît înainte. Într-adevăr, ea era. Avea o voce zglobie, semn că o duce bine.

— Ce faci, mama? Nu te-ai culcat?

— Uite, îl cert pe taică-tu...

— Aa, da? Să mi-l dai și mie la telefon.

— De ce, vrei să-l cerți și tu un pic?

— Ei, nu chiar, am încredere în tine. Numai să văd ce mai face.

— Păi, taică-tu e la orătăniile lui. Îl bombăneam că și-a lăsat ciorapii aruncați prin casă...

— Aha, am înțeles... Numai să te țină supărarea pînă vine și el...

— Mai bine spune-mi ce face canadianul ăla mic.

— Se tot mișcă prin burtică... Ieri i-am simțit un călcîi.

— Să mănînci bine.

— Mănînc, mănînc... dar mă sleiește. Îi place la nebunie calciul, mai ales ăla din dinții mei. Probabil e mai gustos.

— Ai probleme cu dinții?

— Mi s-a rupt o măsea...

— Ai grijă!

— Ia spune-mi, mamă, cu cine votezi duminică? Și de asta te-am sunat.

— De asta nu dormiți voi în Canada? Că nu știți cu cine votez eu?

— Nu e încă o problemă de interes internațional, ha! ha!, dar eu aș vrea să știu... Ia zi!

— Dar tu votezi?

— Sigur, la ambasadă... Ia zi!

— Ă-hă-hăăă, pînă duminică mai e o grămadă... am timp să mă gîndesc și să mă răzgîndesc de o sută de ori...

— Ufff, mă duci cu vorba. Stai să-ți explic. Eu aici fac parte dintr-o asociație românească... și ne-am propus să facem și noi ceva pentru alegerile din România... așa că fiecare trebuie să-i vorbească unei persoane, două, trei, cîte cunoaște, și să le convingă să voteze pentru democrație...

— Adică faceți campanie electorală, nu?

— Păi, nu chiar... Ideea e nu să voteze cu cutare sau cutare partid, ci să nu voteze cu foștii comuniști.

— Daaa? Dar atunci cu cine să voteze, cu Papa Pius?

— Hai, mamă, eu vorbesc serios...

— Dar ce, eu glumesc? Pentru mine, lucrurile sînt simple: înainte de revoluție o duceam muuult mai bine decît acum. Tu cu cine ai vota în locul meu?

— Cred că exagerezi cu „muult mai bine“, mamă. Îți amintești ce cozi erau la carne? Făceau înconjurul blocului...

— E drept, erau cozi pe-atunci, dar acum intri în magazin, admiri cotletele, înghiți în sec și ieși frumușel afară, că nu ai cu ce le cumpăra. Eventual te uiți la un proaspăt îmbogățit cum ia două kile de mușchi. Nu știu, zău, cînd era mai bine... Acum am văzut la televizor oameni care mor de foame, familii cu copii care dorm în stradă... Pe vremea comunismului nu se întîmpla asta.

— O să se regleze și astea... Deocamdată sîntem în tranziție... dar eu sînt optimistă.

— Cum nu, e ușor să fii optimist cînd trăiești în Canada, în Franța sau în America... Mai greu este să fii aici și să o trăiești... Să vezi atunci optimism! Cu bigudiuri!

— Hai, mamă, că știu foarte bine care e situația...

— Haida-de! Și eu știu care e situația patronului care a furat prin privatizare cutare fabrică, dar nu avem același meniu la masă.

— Dar libertatea, mamă? Asta nu se compară cu nimic. Atunci ne era frică și de umbra noastră... Faptul că acum poți să spui ce vrei și să scrii ce vrei, să călătorești și să strigi „Jos guvernul!"...

— Știi ce, călătoresc tot îmbogățiții, cei care au furat ce-am muncit noi. Cît de strigat, acum strigi pînă nu mai poți, că oricum nu te ascultă nimeni... Dacă ar fi după mine, eu și mîine aș vrea să se întoarcă comunismul.

— Vai, mamă, eu ziceam că te faci, dar tu ești mai comunistă decît credeam!

— Uite că mi-am dat arama pe față. Sînt o babă comunistă, dacă nu știai. Asta sînt.

— Și, dacă duminică ar candida Ceaușescu, l-ai vota?

— La asta nu m-am gîndit. Dar, dacă ar candida fostul meu șef, pe el l-aș alege președinte. Știa să aducă comenzi... Știa să se poarte cu oamenii... Avea grijă de fiecare... Așa cum a condus o echipă, ar putea conduce și-o țară.

— Bun, am înțeles... Dar ce a făcut așa teribil pentru tine comunismul, măi, mamă, de nu vrei să-l lași din brațe? În afară de minciună, teroare, cozi, frică... altceva a mai făcut?

— Eu vorbesc de viața mea, Alice, nu de a altora. În primul și în primul rînd, pe mine comunismul m-a făcut orășeancă.

— Dacă nu...

— Stai să termin. Dacă nu se făceau fabrici, drumuri, apartamente... dar fabrici în special... noi două, Emilia și Alice, la ora asta călcam tezic de ne ieșeau ochii, undeva într-un sat ascuns între gloduri.

— Păi, nu-s de acord. Dacă ar fi fost capitalism, s-ar fi făcut chiar mai mult...

— Pînă una-alta, le-a făcut comunismul. Dacă le-ar fi făcut capitalismul, aș fi fost de partea lui... După un loc de muncă, comunismul mi-a dat apartament și butelie... Gratis, reține.

— O cutie de chibrituri, mamă, nu un apartament.

— Cum zici tu, fată. Dar destul cît să poată crește în el un copil deștept și frumos, care să se mărite în Canada.

— Umbli la sentiment, ai?!

— Ca o babă comunistă ce sînt, mă pricep la propagandă. Era cît pe ce să fac și Școala de Partid.

— Uite, mamă, așa cum vorbești tu din experiența vieții tale, așa pot să-ți spun și eu din experiența mea: eu nu am nici un singur motiv să regret comunismul. Dacă n-ar fi venit revoluția, aș fi fost o amărîtă de ingineră într-o fabrică murdară, într-un oraș ca vai de capul lui, aș fi locuit într-o cutie de chibrituri cu vedere spre cîmp sau spre cimitir... Aaa, și aș fi avut și butelie. Uite ce am ratat!

— Mda, cred că te-ai fi descurcat binișor la o Școală de Partid. Numai că, vezi tu, mulți tineri de azi, chiar de aici din bloc de la noi, tînjesc după asta...

— Ți-am spus, eu vorbesc pentru mine. Și poate și pentru alți tineri plecați din țară...

— Ba poate că unii dintre ei ar avea de ce să-i mulțumească lui Ceaușescu... Dacă el n-ar fi dat legea avortului, nu s-ar fi născut ca să aibă ocazia să-l înjure...

— E oribil ce spui, mamă!

— Dar așa stau lucrurile, ce vrei! Nu e cazul tău, tu ai fost un copil așteptat...

— Iar dacă Ceaușescu o mai ducea zece ani, toți copiii ăștia de care vorbești tu ar fi avut burțile umflate de foame...

— Vezi că vorbim pe telefonul tău, o să-ți vină o notăăă...

— Nu-ți face tu griji, la occidentalii ăștia putrezi telefonul e ieftin... Mai bine spune-mi cum rămîne cu votatul.

— Păi, cum să rămînă...

— Ce le spun eu celor de la asociație?

— Le spui simplu... n-am avut cu cine vorbi, că maică-mea e o babă comunistă... Și basta!

— Să știi că le spun chiar așa!

— Să te ferească Dumnezeu!

— Bine, mamă, eu zic să te mai gîndești... Nu la prezent, că nu-i prea vesel... ci la viitor.

— Viitorul meu e pe deal, la cimitir. Mă gîndesc cu drag la el.

— Văd că azi ești pusă pe glume negre...

— Offf, ce să fac, Alice, dacă pentru mine singurele lucruri bune sînt legate de trecut.

— Acu' te las, trebuie s-o șterg. Cred că trebuie să-ți spun noapte bună, nu?

— Bine, la revedere. Și ai grijă de ăla micu'... și de dinți...

Așadar, eram mai comunistă decît crezuse fiică-mea.

Și chiar decît crezusem eu însămi.

M-am așezat în fața televizorului, dar nu aveam liniște. Nu puteam urmări ce se petrece pe ecran. Pînă la conversația cu Alice, nu mă gîndisem niciodată la mine ca la o comunistă. Mă trezisem adesea visînd la perioada frumoasă din viața mea, cînd eram tînără și munceam voinicește, cînd făceam mese îmbelșugate în familie și mergeam în concedii, dar niciodată nu-mi trecuse prin cap că asta poate însemna să fii comunist. Regretam timpurile acelea, oamenii de care eram înconjurată, veselia, solidaritatea, dar, nu știu de ce, nostalgia asta nu se lipea deloc cu numele de comunist. Adică s-ar putea să știu. Poate pentru că pe vremuri, între noi, îi numeam comuniști pe cei care țineau discursuri înflăcărate, la ședințe plictisitoare și lungi. Pe cei care țineau linia partidului fără să vadă în stînga și în dreapta, fără nici o grijă pentru oameni și fără înțelegere pentru situații particulare. Pentru noi, nu membrii de partid erau comuniștii, ci politrucii și habotnicii. Pe ăștia nu-i regretam. Acum comuniștii erau cei care au mințit, au luat cu de-a sila, au băgat la închisoare, au torturat și multe altele. Eu nu mă număram nici printre unii, nici printre alții. Eu ce fel de comunistă eram? Dacă aceia erau comuniștii, atunci însemna că eu vreau un comunism fără comuniști? Dar era posibil un comunism fără comuniști „din aceia“? Dacă nu, mai voiam eu comunism? Dacă numai aceia erau comuniștii, atunci nu mai voiam să fiu comunistă. Nu mai voiam să fiu, dar eram. Se poate să fii fără să vrei să fii?

Am adormit în fața televizorului.

La o bucată de noapte, m-am trezit năucă. Am închis televizorul, am băut apă și m-am mutat în dormitor. Nu m-am mai dezbrăcat.

A doua zi dimineața, luni, m-am trezit anormal de tîrziu. Cînd am deschis ochii, un copil striga afară:
— Hai, băi, nu fi comunist, dă și mie o tură bicicleta!

Am zîmbit strîmb.

8

E după-amiază. Mama a pus la fiert pe plită mîncare pentru porc: cartofi, bucăți de bostan, tărîțe și apă. Plus o mînă de sare. Semințele umede cu franjuri cărămizii stau pe un ziar la soare. Eu stau bosumflată pe un scăunel. Cu o zi înainte a dispărut din nou un puișor și mama l-a dat pe Puchi pe mîna lui nea Culiță. Puchi este motanul nostru cel bătrîn, nici mama nu mai știe de cînd îl are. Eu nu l-am prins decît bătrîn. Cu un ochi scurs și cu urechile ferfeniță. Puchi a fost vrednic la vremea lui, spune mama, dar, de cînd a îmbătrînit, s-a nărăvit la pui. Nu-l mai țin ciolanele să sară după șoareci sau vrăbiuțe. În vremurile bune, dobora și șobolani. Prima dată au încercat să scape de Puchi cu vreo trei ani în urmă. Tot atunci l-au adus și pe Tărcățel, motanul cel tînăr. De cum i-au pus gînd rău, tata l-a băgat într-o traistă veche, a cusut-o la gură cu sîrmă și s-a dus tocmai la iaz și a aruncat-o. Între trestii. Apoi a trecut și a discutat cu pădurarul, apoi a trecut pe la magazin să ia niște balamale și a ajuns acasă abia spre seară. Puchi era în curte, tolănit sub gard. De cum tata a trecut de poarta de la intrare, Puchi s-a ridicat, s-a apropiat de el și a început să i se gudure pe la picioare. Tata și-a făcut cruce de mirare și a spus că motanul ăsta e dracu', nu altceva. O vreme nu au mai dispărut puișori. Se părea că Puchi înțelesese. A doua oară, cam după un an și jumătate, Puchi a pățit-o și mai urît. I-a fost încredințat lui nenea Andrei să-l ducă la oraș și să-l lase prin gară, pe undeva... Zis și făcut. Am plîns de a sărit cămașa de pe mine. Nenea Andrei ne-a povestit cum l-a închis într-un vagon de marfă și i-a spus „Adio, jigodie!". Puchi a reapărut după două luni. Slab, înfricoșat, șchiopătînd și cu blana smotocită. Tata a mormăit că nu-i lucru curat, dar l-a lăsat în pace. L-am hrănit pe ascuns și i-am spus de o mie de ori să nu se mai dea la puișori că iar intră în belea. L-am învățat de bine. Puchi se ferește de toată lumea, mai puțin de mine. Sandei întotdeauna i-a plăcut Tărcățel. Eu nu-l suport și-i dau cîte un șut în fund de cîte ori am ocazia. Cu o cîrpă, mama ia ceaunul de pe plită și îl pune pe pămînt, la răcit. Mîncarea porcului miroase îmbietor. Acum l-au dat pe mîna lui nea Culiță.

— Dacă nu se întoarce în două luni, îți dau o jumate de rachiu, i-a promis mama.

— Două luni? Nici într-o sută de ani, îți spun io! a răspuns el, hlizindu-se.

— Om vedea...

— Poți să-mi dai jumatea de pe-acu'.

— Ne, ne, ne! Ți-am spus, două luni!

— Pîn-atunci mor de sete.

— Două luni.

Stau botoasă și mă întreb dacă Puchi se va descurca și de data asta. Sper că e un motan fermecat, care se dă de trei ori peste cap și se transformă în ce vrea el. Nea Culiță are faima unui om slab de minte. Îi va fi tare greu bietului motan. Dacă se transformă într-o sticlă de rachiu, îl bea ca pe apă. Mai bine într-un grăunte. Dar dacă îl ciugulesc păsările? Mai bine într-un bob de mac... Găinile dau tîrcoale ceaunului. Una, mai îndrăzneață, înhață o bucată de cartof, dar îi dă drumul imediat. Probabil frige. Mi s-a făcut și mie foame. În jurul ei se adună imediat altele și trag de cartof în toate părțile. Se încaieră. Uneori gobăile sînt așa de nerușinate, că se bagă și în coteţul porcului să-i fure mîncarea. Sînt tare hoațe!

— Hai, vii? îmi strigă Sanda.

— Unde?

— Să halim cartofi.

Sanda deja are un băț în mînă. Fugărește găinile și se apucă de scormonit în ceaun. Caută cartofi întregi, în pieliță. Dăm tărîța deoparte și îi decojim. Mmm, cît sînt de buni! Dacă ar fi aici, Costicuță ar gusta și din bostan. Bleah! Nouă ne e greață cînd îl vedem. El zice că-i foarte gustos, dar nu-l cred niciodată. Poate să stea și în cap, că nu-l cred. Vrea să se dea mare față de noi. Știu eu precis asta.

— Plecați de-acolo, orătăniilor! Îmi lăsați porcul flămînd, strigă mama.

Către noi, nu către găini.

La colțul drumului, apare un automobil. Praful se învolburează ca înaintea furtunii. Gîștele dau din aripi și se trag spre gard. Cu pieptul înainte și cu fundul în urmă. Mama pune mîna streașină la ochi.

— Asta-i mașina lui Andrei, bată-l să-l bată!

Așa e, oprește în fața casei noastre, lîngă fîntînă. Coborînd, nenea Andrei ne face din mînă. E tare bucuros cînd vine la noi. Scoate capul și tanti Lucreția. Are ochelari de soare și e rujată foarte puternic.

— Uite-o și pe Lucreția, bată-te norocul! Fugi și cheamă-l pe taică-tu, zi-i c-a venit Andrei, mă îndeamnă repezit mama.

— Da' să se ducă Sanda, de ce eu?

Nu vreau să pierd emoția întîlnirii și mai ales îmbrățișarea cu tanti Lucreția. Miroase atît de frumos!

— Sănduța, fii cuminte și du-te tu. Capra asta de soră-ta parcă-i priponită.

Dar nu-i nevoie, că tata apare de după colțul casei. Probabil a auzit huruit de mașină. Cum la noi pe drum nu trec decît două mașini pe săptămînă, a ieși să vadă despre ce-i vorba. Mama își șterge mîinile de șorț. Semn că pune capăt treburilor ei și se ocupă de musafiri. Întotdeauna, cînd vine nenea Andrei, se lasă totul baltă. Darămite dacă e și tanti Lucreția. Ziua obișnuită se transformă într-un fel de sărbătoare. Noi, copiii, sîntem cei mai bucuroși. Scăpăm de treabă. Ce bine e să vină cineva de la oraș! Nenea Andrei scoate din portbagaj pîini, zahăr și ulei. Tanti Lucreția dă la iveală din poșetă două ciocolate babane. Mama ni le confiscă pe loc și ne promite că ni le dă după ce mîncăm. Mă uit rugătoare la tanti Lucreția să intervină, dar ea își tamponează fruntea cu batista.

Ne tragem cu toții la umbră, mai puțin mama.

— Nevastă, ologește și un pui, să vadă oamenii ăștia ce gust are smîntîna la noi!

Oamenii mari stau de vorbă între ei. Eu m-am așezat lîngă tanti Lucreția și o miros. Parcă sînt un cățel. Trag cu ochiul în poșetă să văd dacă are oja la ea. Îi cer un pic ochelarii de soare. Soarele e albastru. Mîna mea e albastră. Totul e albastru. Pînă și furnicile sînt albastre, mă minunez eu.

— Dar poate că aveți treabă... Noi putem sta și singuri, zice nenea Andrei.

— E-he-he... Treaba nu se termină niciodată. Mori și tot ți-a mai rămas ceva de făcut, răspunde tata.

Sanda s-a întors la ceaun. Scociorăște încruntată. Lasă bățul deoparte și se pune pe treabă cu mînuțele.

— Văd că ați făcut ceva tezic anul ăsta, constată nenea Andrei.

— Făcut.

— Poate reușesc să vă trimit niște cărbuni...

— O să vezi tu. Cum se poate...

Sanda vine cu doi cartofi, ce a găsit mai bun. Unul pentru nenea Andrei, altul pentru tanti Lucreția.

— Dar ce are pe el, ce-s chestiile astea? întreabă tanti Lucreția.

— Tărîțe, zice nenea Andrei.

— Tărîțeee?

— Da, îs din mîncarea porcului. Nu, Sanda?

Sanda arată cu degețelul spre ceaun. Tanti Lucreția face o figură scîrbită și pune cartoful pe masă. Își șterge vîrful degetelor cu un șervețel scos din poșetă. Cu colțul, se curăță sub unghii.

— E bun, ce are? Doar e curat... E foarte bun! zice nenea Andrei, mîncînd cu poftă. Un praf de sare n-aveți pe-aici?

Mă uit la cartoful de pe masă și înghit în sec. Dar nu l-aș lua pentru nimic în lume.

Pînă la urmă îl mănîncă tata.

— Dacă îmi lăsați porcul flămînd, vă arăt eu vouă!

Nenea Andrei se plesnește cu palma peste frunte:

— Pfiii, ce-am uitat!

— Ce e, Andrei, ce s-a întîmplat? întreabă tanti Lucreția.

Nenea Andrei e la mașină. De pe bancheta din spate, scoate o pălăriuță.

— Pălăriaaa meaaaa! sar eu ca arsă.

Și fug înaintea lui.

— E exact ca aceea pe care am uitat-o în vagon, mă entuziasmez eu.

— Fix ca aceea, zîmbește tanti Lucreția.

— Numai că aceea avea marginea un pic destrămată, spun eu. Asta e nouă!

— Uită-te mai bine!

— Și asta e un pic destrămată..., zic eu nedumerită. E tot aia?

— Exact aia! pufnește în rîs tanti Lucreția.

— Păi... da... păi, cum așa?

— Am găsit-o în vagonul cu grîu pentru sămînță, dezleagă nenea Andrei misterul.

— Au trimis-o rușii înapoi? întreabă tata.

— Nu, nici n-au deschis vagonul, porcii naibii. Numai au schimbat sigiliul.

— Hai, gata, copiii la joacă! ne fugărește tata.

— Că bine zici..., îl mai aud pe nenea Andrei mormăind.

Și fug într-un suflet să-i arăt pălăriuța mamei.

Cei mari beau bere, iar eu și cu Sanda ne jucăm. Mama se duce din cînd în cînd și verifică oalele de pe plită. Rogojina mare de sub prun este casa. E împărțită în două camere. E o casă de la țară, nu are baie. Adică closetul e în grădină. Sanda vrea să ne jucăm de-a mama și copilul. Copilul face obrăznicii, iar mama îl ceartă tot timpul. Copilul trebuie să plîngă. Sanda mereu vrea să fie mama. Să mă certe pe mine, chiar dacă sînt mai mare. Eu trebuie să plîng cît mă ține gura. Dar mie îmi place mai mult să aranjez casa. O piatră mare și plată este masa, iar pietricele mai mici sînt scaunele. Dintr-o bucată de sîrmă facem o icoană și o agățăm de trunchiul prunului. Adică acolo era colțul casei. Oglindă nu avem, dar nici nu vreau să o aduc pe a mea din apartamentul secret. Apoi, dacă e casă de la țară, nici nu prea ai nevoie de oglindă. Sanda ține morțiș să-l aducă și pe Tărcățel, ca să avem pisică în casă, dar eu mă opun. Fac o pisică din surcele. Așa, ca și cum ar sta cu botul pe labe. Adică e o pisică adormită. Pentru mobilă, avem nevoie de niște ciucălăi. Mă duc la plită să aleg cîțiva. Trebuie să fie drepți și frumoși, nu niște gîgîlici. Mă străduiesc, dar nu găsesc chiar ce vreau. Mama și cu tanti Lucreția stau de vorbă. Mama gustă din mîncare și pune sare.

— A fost foarte harnică Mica, e o fetiță tare săritoare, zice tanti Lucreția.

Ciulesc urechile. Mica sînt eu.

— Mda...

— Cîte zile a stat la noi? Parcă zece, nu?

— Eu știu? Nu mai știu...

— Uite aici, dragă, banii pentru zece zile.

— ...

— Ia și te uită, ajung?

— Ajung, ajung... Oricum nu trebuia...

Mă podidesc lacrimile. Iau ciucălăii și fug.

— Ce mă-nervezi tu, copil obraznic! Nici n-am apucat să te cert și te-ai și apucat de plîns.

A căzut seara. În spatele casei, este pregătită masa. Întotdeauna mîncăm foarte tîrziu. După ce se întunecă, după ce nu se mai poate face treabă. Lampa e agățată în cui pe perete, dar luna luminează mai tare. S-a lăsat răcoare, așa că tanti Lucreția și-a pus un șal pe umeri. Avem pui cu smîntînă.

— Pentru cine poftește, este și caș și brînză sărată, ne anunță mama.

Tărcățel se freacă de picioarele mesei, ale scaunelor, ale oamenilor.

Abia aștept să-i bag un șut în fund.

Nenea Andrei dă o mînă de ajutor la pus farfuriile, cu condiția să-i fie lăsat lui ceaunul de la mămăligă, să-i mănînce coaja crocantă. Dacă tot e rost de făcut mofturi, eu și cu Sanda vrem urs cu brînză.

— Urs-cu-brîn-ză! Urs-cu-brîn-ză! scandăm amîndouă.

— După puiul cu smîntînă, ne avertizează mama.

Este răsturnată mămăliga. O mămăligă cît toate zilele. Mama scoate ața și o taie în bucăți mari. Se răcește mai ușor așa. Se aud greierii. Tărcățel îmi ajunge la îndemînă și, poc!, nu-l iert.

Mîncăm.

— Uneori e frumos la țară, zice, fără nici o legătură, tanti Lucreția.

— Numai că-i atîta treabă... spune mama, cu glas ostenit.

Se aude un zgomot străin. Cineva zgîlțîie poarta de la intrare. Apoi strigă:

— Țață Catincăăăă! Țață Catincăăă!

— Du-te și vezi cine-i, îl îndeamnă mama pe tata.

— Pe tine te strigă, nu pe mine!

— Ei, hai, du-te, lasă glumele...

Tata se ridică și dispare după colțul casei. Șușoteli. Se întoarce cu nea Culiță.

— Zice că are nu-ș' ce afacere cu tine...

— Poftă bună! Mă... mă scuzați. Am venit după rachiu, țață Catincă.

— Doar ți-am spus, măi Culiță, după două luni.

— Ă-hă-hăăă, nu se mai întoarce el nici de-acu' într-o mie de ani... L-am aranjat eu, zice nea Culiță și începe să rîdă gros, încîntat de isprava lui.

— Două...

Dar nea Culiță deja a ridicat mîna la înălțimea ochilor, în lumină, cu capul însîngerat al lui Puchi. Tanti Lucreția țipă înspăimîntată. Sanda și cu mine începem să plîngem cu urlete.

9

Cică într-o zi, bre omule, Cel mai iubit fiu al poporului se plictisea de moarte. Era sătul pînă peste cap de ședințe, era scîrbit de-atîta șeptic, de vizite de lucru n-avea nici un chef... Iar de plecat în străinătate nu prea-i mai ardea, că mereu îl tîrau gazdele prin muzee sau pe la monumentele eroilor, îi dădeau să mănînce melci, caracatițe și alte scîrboșenii sau îl duceau la operă, ca în Italia, unde niște tovarășe solide, în loc să pună mîna să facă o treabă gospodărească, țipau cît le țineau bojocii, să-i spargă lui timpanele. Unde mai pui că trebuia să vorbească în străineză și îl dureau mîinile de atîta conversație. Iar după rușinea ce o pățise în Spania, chiar că o vreme nu mai voia să aibă de-a face cu încrezuții de occidentali. Mai degrabă în Africa se simțea mai bine, măcar dansurile alea ale lor semănau cu călușarii noștri, iar nucile de cocos păreau un fel de dovleci care cresc în copaci. Ce mai, acolo se simțea ca acasă! De fapt, în toată tărășenia cu Spania, Bobu fusese de vină, cu mintea lui strălucitoare ca un bec ars, că el îi dăduse nefericita idee. Adică să-și noteze replica pe dosul cravatei, ca, în cazul în care o uită, să o aibă la îndemînă. Așa că s-a dus în Spania fără nici o scamă, sigur pe el. A coborît din avion și, la un moment dat, garda l-a salutat:

— *Buenos dias, presidente!*

— *Buenos dias*... (întoarce cravata)... poliester!

Cel puţin o vreme nu voia să scoată nasul din ţară.

Oricum, pentru chestia asta cu Spania l-a bătut la şeptic pe Bobu de i-a sunat apa în cap. I-a dat pedepse la greu: l-a pus să strige de trei ori „Cucuriguuu!" de pe biroul Consiliului de Miniştri, să bea trei pahare mari de apă unul după altul chiar înainte de o întîlnire oficială cu Mitterand, să danseze cu scaunul pe melodia unui cîntec revoluţionar şi cîte şi mai cîte năzbîtii. Cel mai mult ar fi vrut să-l vadă pe Bobu urcînd scările turnului Eiffel într-un picior, dar nu era timpul pierdut.

Doamne, ce se mai plictisea!

Cînd era mic şi se plîngea cu tropăieli că se plictiseşte, taică-su îi spunea mereu să se apuce cu mîinile de fund şi să sară în sus. Pe vremea aia nu încercase, dar acum ideea îi dădea ghes. Oare ce simţi atunci cînd te prinzi cu mîinile de fund şi sari în sus? E bine? Oare îţi trece plictiseala? Dacă n-ar fi fost în biroul său din Comitetul Central al P.C.R. şi dacă ar fi avut burta ceva mai mititică, probabil că ar fi încercat, dar aşa...

Şi, cum stătea, bre omule, şi se plictisea, Celui mai iubit fiu al poporului îi vine o idee genială: să se ducă la pescuit. Nu mai făcuse asta de cînd era un spînzurat de copil, de cînd mergea cu băieţii din sat, care nu prea îl lăsau să pună mîna pe undiţele lor decît ca să le bage rîmele în cîrlig. El nu pescuia, că n-avea cu ce, erau calici de-acasă, dar putea spune totuşi că a fost la pescuit. Măcar ştia cum se face, nu? Nici una, nici două, caută el o undiță pe-acolo, prin Comitetul Central, se bagă într-o Dacie rablăgită și tunde-o. Se oprește la primul ochi de apă care îi iese în cale. Bagă el rîmă în cîrlig, că la asta se pricepea grozav, aruncă undița și pluta se scufundă. Ia te uită ce baftă, zice el. Cînd colo, scoate o cizmă rusească. Ei, fir-ar să fie! O pune alături și aruncă din nou. De data asta scoate un panou de ăla care, de cînd cu alimentația rațională, se găsesc cu sutele pe meleagurile patriei: „Nici o masă fără pește!". Nu prea-i convine, dar n-are încotro, încearcă și a treia oară. Nimic. Liniște. Pluta e încremenită. Deodată, hop!, se scufundă. Trage cu putere și, ce să vezi!, în cîrlig strălucea de-ți frigea ochii peștișorul de aur. Se zvîrcolea și striga:

— Nu mă omorî, te rooog! Nu mă omorî, Cel mai iubit fiu al poporului și Geniu al Carpaților, că, dacă nu mă omori, îți îndeplinesc o dorință!

Nea Nicu a rămas cu gura căscată. Deși auzise întîmplări cu peștișorul de aur, toată viața lui crezuse că sînt niște bazaconii. Niscai povești de adormit copiii. Ca acuma să-l vadă colea, cu ochii lui, răsucindu-se pe iarbă.

Cum își revine, îi zice:

— Cu-cum, peștișor nenorocit, cum o singură dorință? Tot pro-prostul știe că trebe trei...

— Da, știu, Cel mai iubit fiu al poporului, dar avem și noi probleme. Te rog să ne înțelegi. Inflație... șomaj... reduceri de personal... Vrem să plătim și datoria externă... Să nu mai fim la cheremul capitaliștilor... E greu, ce mai! Am trecut pe economii.

Stă Geniul Carpaților și se gîndește... și se gîndește... pînă i se zbate vena la tîmplă. Ce să ceară el? Să fie bogat? Păi, avea o țară la dispoziție... Să fie frumos? Asta deja era... Să fie deștept? Mai deștept de-atît? Să ajungă țara în comunism? Asta nu mai era nevoie, România era pe drumul cel bun. Să afle de ce a murit Dej? La ce i-ar ajuta? Pînă la urmă se hotărăște: ar dori să afle ce gîndesc oamenii despre el. Cum se trăiește în țara asta. Dar de-adevăratelea, nu basmele pe care i le spun în fiecare dimineață serviciile secrete. Atunci peștișorul îi dă o licoare fermecată, pe care, după ce-o bei, te transformi în muscă. Dar să fie atent că după căderea serii se face înapoi om.

Și-acu' stați și voi oleacă să iau o gură de bere, că mi s-a uscat gîtlejul.

Mare figură nea Mitu!

10

Doamne, ce bine am dus-o pe timpul comunismului!

Dacă acum aș duce-o în jumătate ca pe atunci, aș fi mulțumită. Ce jumătate, pe-un sfert, și tot aș zice săru-mîna. Am avut tot ce mi-am dorit. E drept, pe atunci nu-ți doreai prea multe. Nu știu de ce, dar nu-ți doreai prea multe. Cred că nu știai că se pot face așa multe cu banii, ca acum. Dar, pentru lumea aia, am avut tot ce-mi poftea inima. Beam numai cafea naturală și ness... Pe-atunci astea erau o raritate, dar la mine nu era o problemă. Am avut blugi cînd costau opt sute de lei perechea. Opt sute erau bani, nu glumă! Și nici nu găseai blugi la toate colțurile... Ei bine, eu am avut! Cînd ieșeam îmbrăcată cu ei, tot cartierul întorcea capul după mine. Kent și BT pentru doctori, nici nu mai spun. Nu exista să nu am în casă cîteva pachete, în caz că, Doamne ferește!, dădea vreo boală peste mine sau dacă aveam nevoie de-un concediu medical. Ba chiar fumam și eu țigări dintr-astea bune, pe vremea cînd mă prosteam, că doar n-am tras niciodată fumul în piept.

Dar ce n-am avut!?

Pepsi ne aducea șefu' cu lăzile de la Restaurantul Partidului. Bomboane de pus în pom, la fel. Nu exista să mă prindă pe mine sărbătorile de iarnă fără bomboane de împodobit bradul sau fără portocale. Carne, ouă sau caș, ăhă, de-aș fi putut eu mînca atîta cît puteam face rost. Cînd nu aducea șefu', treceam pe la vînzătoarele pe care le cunoșteam și cu mîna goală nu plecam. Bineînțeles, trebuia să fiu atentă cu ele, că și ele trebuiau să trăiască. Uneori mă sunau vînzătoarele să trec pe la magazin, că au ceva bun pentru mine pus deoparte, fiindcă știau că nu le las cu buza umflată. Nu numai că le dădeam bacșiș de fiecare dată, ci, dacă se întîmpla să aibă nevoie de o pilă pe undeva, știau că eu sigur le rezolv. Ca să fiu cinstită, uneori nici nu aveam chiar așa mare nevoie de ce-mi păstraseră ele, dar tot treceam să iau. Mai duceam la țară, mai aduceam la serviciu sau o mai serveam pe doamna Rozalia, croitoreasa de la noi din bloc. Pe-atunci aveam ca să dau și la alții, iar acum nu am nici pentru mine. Și Alice se mai miră că vreau să votez cu foștii comuniști...

Tot ce mi-a poftit sufletelul am avut.

Dacă aveam chef de o tărie, nu mă otrăveam cu orice poșircă, ci luam un coniac fin, un Vasconi sau Unirea, sau vodcă rusească, de-aia la 25 de lei sticla. Îmi cumpăram numai pantofi Guban, cu pielea molicică, de nu te rodeau nici să fi mers o sută de kilometri pe jos. Mă spălam cu săpunuri Fa sau Rexona, luate de la polonezii care veneau cu mașinuțele lor ca niște jucării. Unde mai pui că Țucu avea și el relațiile lui. Îl știa pe unul, nea Fane, ăsta îți aducea și luna de pe cer dacă dădeai comandă. Nu-mi plăcea de el, că era cam speculant, adică îți aducea ce voiai, dar te cam pișca la buzunar. În schimb, unul, Muraru, ne aducea căpșuni sau roșii cu lăzile, la jumate din prețul lor sau chiar la un sfert, după cît de tare se grăbea să facă prezența la cîrciumă. Lucra la un C.A.P. undeva, pe lîngă oraș, și nu ierta nimic, vindea tot ce-i cădea în mînă, nici nu știu cînd mai avea timp să lucreze, că făcea numai ture cu mașina, ba la unul, ba la altul. Castraveți, ceapă, usturoi, ardei grași de la el luam. Îmi ieșea zacusca la preț de apă minerală. Altul, nea Pardon, era șofer pe mașină la fabrica de lapte, mai precis căra zilnic laptele colectat în comune. Cu el a fost o poveste nostimă. Eu și cu bărbată-miu îi spuneam așa fiindcă la două trei cuvinte băga un „pardon". El nu putea spune ca tot omul „Ieri am mîncat cireșe", ci „Ieri am mîncat, pardon, cireșe", de parcă ar fi mîncat nu știu ce chestie rușinoasă. De la el cumpăram unt. Dar aducea nea Pardon ăsta un unt gras și galben, de nu găseai așa ceva în tot comerțul socialist, puteai să tragi cu pușca. Numai că nu era la pachete, ci ni-l aducea vrac, în pungă. De unde mă-sa scoate ăsta așa un unt?, ne întrebam și eu, și bărbată-miu. O fi pentru export, ne dădeam noi cu presupusul. Am dat și altora să guste și nu eram noi nebuni, nici ei nu mai pupaseră așa bunătate. Măi să fie... Am încercat noi să-l tragem de limbă de cîteva ori, dar era rodat nea Pardon, nu puteai scoate de la el nimic, nu era din ăsta, doi la legătură. Îl luam noi pe de departe, îl oboseam ca pe peștele baban ce-l tragi la mal, dar, cînd să-l înhățăm, mereu ne băga una de-a lui: „Secret profesional, pardon!". Pînă într-o zi cînd nea Pardon al nostru a venit cam afumat. L-am chemat noi în bucătărie, să nu stea omul în picioare, și l-am servit cu una, cu alta. Țin minte că i-am dat și un whisky, nu știu de unde-l aveam, de a făcut ochii cît farurile: „Băăă, da' voi vă respectați, pardon!". Vorbind despre toate și despre nimic, cînd ne așteptam mai puțin, nea Pardon începe să povestească ce ne chinuiam să scoatem de la el de vreo doi ani.

— Asemenea unt nici directorul nostru nu mănîncă, zice el, și apoi dă-i și toarnă.

Ce făcea șoferul nostru? După ce își încărca cisterna cu lapte într-un sat uitat de lume, scotea frumușel trei sau patru mingi de tenis de cîmp și le dădea drumul înăuntru. Cît se cobîlțîia laptele în mașină, cincizeci sau șaizeci de kilometri, mai ceva ca la centrifugă, pe mingi se alegea untul, numai crema cremelor. Dacă satul era mai aproape, băga mingiuțe mai multe. Odată ajuns, nu trebuia decît să scoată bolovanii de unt, din care să extragă mingiuțele și să le spele cu apă caldă. După ce a dat în vileag toată tărășenia, n-am mai luat unt de la el. Drept să spun, mi-era greață. Am preferat untul de la alimentară.

Bine am mai dus-o în comunism!

Ce, Alice mesteca gumă de aia, țigarete, care se făcea făină în gură? Nu, nici vorbă. Numai de gumă ungurească îi făceam rost, de aia cu diferite arome și care făcea chiar și baloane. Ciocolată am avut la discreție, mai ales de cea chinezească, de la Cantina Partidului. Biscuiți, bomboane și eugenii – gîrlă! Portocale am mîncat pe rupte... Și curmale... Și lămîi... Și smochine... Și ban... Ba nu, ca să nu mint, banane n-am mîncat niciodată. Astea se găseau greu, cred că erau mai mult pentru mahări. În schimb, am avut o pastă de dinți cu gust banane, așa că le știam aroma.

De toate am avut...

Nu exista duminică să nu ieșim la restaurant. O friptură era zece lei, îmi amintesc perfect. Era bună și mare de puteau să mănînce două persoane din ea. O bere era trei lei. Sau cinci lei, dacă era de aia foarte bună. Un Pepsi, și el era tot trei lei. Vinul spumos era optsprezece lei. De la alimentară, cu tot cu sticlă, era douăzeci și unu. Un pachet de Kent era tot optsprezece. Știu toate prețurile. Atunci am trăit și eu bine, într-adevăr. Cu o sută de lei, Doamne, ce masă puteai lua la restaurant! Cu tot cu desert. Eu cîștigam pe vremea aia patru-cinci mii de lei, diferit de la lună la lună, după realizări. Doamne, ce de bani erau! Acum, de cînd cu inflația, cinci mii e un bilet de tramvai. O friptură, nici nu vreau să mă gîndesc! Știu, și salariile sînt mai mari, dar tot nu se compară. Cînd văd ce prețuri sînt, mă minunez de parcă sînt venită de pe altă planetă. Prețuri cu o grămadă de zerouri în coadă, lungi ca niște omizi. Pe vremea comunismului, un zero valora ceva, acum el e nimic. Patru zerouri de azi nu fac cît un zero de-al lui Ceaușescu.

Aragaz mi-am luat imediat după ce am primit locuință. Două mii am dat pe el. Mașină de spălat am avut ceva mai tîrziu, că mie tot timpul mi-a plăcut să spăl la mînă. Ce e frecat de mine sigur e curat. Mașina de spălat am luat-o mai mult de gura lui Țucu, dar, după ce am avut-o, am văzut că-i utilă. Nimic nu ne-a lipsit. Și televizor am avut. Ne-am înscris pe listă la magazin și după șase luni ne-a sunat să ne spună că ne-a venit rîndul. Simplu ca bună ziua. L-am achitat în cîteva rate. Un TV alb-negru, care ne-a ținut douăzeci de ani. Comuniștii făceau lucruri trainice, nu ca acum, că mi-am luat o pereche de pantofi din piață și după trei zile li s-a desprins talpa. După vreo zece ani, am făcut teveul alb-negru să fie color, că așa era moda, Am văzut și noi la alții. Făceai rost de un dreptunghi de sticlă colorată și, pe-un suport de lemn, îl fixai în fața ecranului. Noi am avut sticlă verde și totul se vedea în diferite nuanțe de verde. Apoi Alice a văzut la o colegă a ei, cred că era prin clasa a doua sau a treia, sticlă albastră și ne-a tocat la cap pînă am găsit și noi sticlă albastră. Le punea cînd pe una, cînd pe alta, după chef. Teveurile astea color-color au apărut mai tîrziu și erau rusești. Ne-am luat și noi chiar înainte de revoluție. Un an am așteptat pentru el și asta pentru că am avut o pilă care ne-a dat un număr mai în față pe listă. Ce să spun, de toate am avut! A fost bine...

Și cît am mai călătorit!

Am văzut toată țara... Cînd luam concediu, mergeam la mare, la munte și am ajuns chiar și în deltă. Apoi mai treceam să-mi vizitez nașii și cîțiva verișori. Că nu puteai să mergi în străinătate... Păi, nici nu mai aveai cînd merge, că, dacă făceai marea, muntele și ajungeai și pe la rude, gata concediul. Cînd să mai mergi și în altă parte? Și, chiar și așa, tot am ajuns pînă în Bulgaria. La Varna. Semăna cu ce-i la noi. La ce să pleci în străinătate, să vezi tot ce se poate vedea la noi? Că doar și acolo muntele e tot munte, nisipul e tot nisip, iar marea e tot de apă. Ba poate chiar nici nu e așa frumos ca la noi și dai bani în plus degeaba. Numai ca să spui că ai fost în străinătate. Puțini au o țară așa frumoasă ca a noastră. Am o sacoșă plină cu fotografii făcute în concedii. Toată țara e acolo, înăuntru. Acu' n-am bani nici de poză de buletin.

La sfîrșit de săptămînă nu exista să nu ieșim la iarbă verde, la un volei, sau să nu vizităm mînăstirile din Bucovina. Nu era întotdeauna ușor cu rația la benzină, dar ne descurcam. Numai cine nu voia nu se descurca. Apoi a fost vremea aia nasoală, cînd, pentru economie, o duminică aveau voie să circule mașinile cu număr cu soț, iar o săptămînă cele fără soț. Chiar și atunci mergeam într-o parte și-n alta. O săptămînă cu mașina noastră, cealaltă săptămînă cu niște vecini sau niște colegi de serviciu. Și tot ne distram. Eram tineri și era frumos. La doi ani după revoluție, noi a trebuit să vindem mașina, că în ultima vreme devenise un fel de bibelou. Benzina se scumpise, iar noi nu ne mai descurcam cu banii. Acum n-aș avea nici cu ce să-mi cumpăr o trotinetă, la o adică.

Dacă acum aș duce-o în jumătate ca pe timpul comunismului, aș fi fericită. Ce jumătate, pe-un sfert, și tot aș zice săru-mîna.

Poate că toate astea ar fi trebuit să i le povestesc lui Alice... Dar ea, pe vremuri, avea mereu de învățat. Iar acum... cum să spui toate astea, și multe altele, la telefon?

11

Asta e o amintire foarte clară. Sînt la tanti Lucreţia şi la nenea Andrei şi mă simt dărîmată. Cînd mă aşteptam mai puţin, boala a revenit. Iar dureri, iar sînge, iar ameţeli. Tot am sperat că nu se va mai repeta. Stau cu greu în picioare şi spăl vasele. Mă îndrept de spate, să pot trage mai mult aer în piept. Am o senzaţie de sufocare. Mă străduiesc să mă port normal.

Spăl vasele şi mă cert cu Dumnezeu. Sînt supărată pe el.

De ce tocmai acum? De ce tocmai eu?

Măcar să mă lase să mă bucur de astea cîteva zile pe care le petrec la oraş.

Va trebui totuşi să mă duc la doctor.

Îmi promit să fac asta, dar nu ştiu cum se face.

Mi-am mai promis o dată şi nu m-am ţinut de cuvînt.

Aud paşi... Care vin spre bucătărie!

Iau o poziţie cît mai degajată...

— Sînt multe vase, aşa-i? mă întreabă tanti Lucreţia.

— Sînt obişnuită, tanti! Acasă spăl ceaune de-alea mari...

— Dar ce-i acolo? Vezi că ai o pată... Cred că ţi-au venit problemele...

Încremenesc. Mă prind cu mîinile de marginea chiuvetei și încep să plîng mocnit.

— Ce ai, Mica? Dă-o-n colo de fustă! Dacă nu iese, o arunc. Și-așa era veche...

— Taa... anti... trebuie să-ți spun.... am... am o boo... oală gravă, tanti...

Tanti îmi dă un algocalmin și îmi explică, plină de tact, ce se întîmplă cu corpul fetelor atunci cînd cresc.

— Vata nu se folosește numai la șters sticla de lampă, Mica! Și acu', gata, treci în pat dacă nu te simți bine!

12

Așa că iată-l, bre omule, pe nea Nicu al nostru transformat în ditamai muscoiul, cu reflexe verzui și cu ochii cît ridichile, hălăduind pe unde îl duc aripile. Prima și prima dată, nimerește într-o sală de clasă. Se așază pe tabloul cu chipul lui și ascultă. E ora de istorie, iar un elev clăpăug este la lecție.

— Mda, acum ia zi tu, Pandele, ce eveniment important a avut loc în țara noastră în 1918? întreabă profesorul.

— În 1918 a avut loc Marea Unire din 1918, tovarășe profesor!

— Nu-i rău, Pandele, dar altceva aștept de la tine... Te rog să te concentrezi. Ce altceva s-a mai întîmplat? Ceva mai important...

— De asemenea, în 1918 s-a născut la Scornicești tovarășul Nicolae Ceaușescu, Secretar General al P.C.R. și președinte al R.S.R.

— Asta-i, Pandele! Bravo! Doar o singură întrebare mai am pentru tine și după aia poți să treci la loc... Ia spune tu ce eveniment important a avut loc în 1848.

Pandele pare încurcat. Se vede pe fața lui că-i pe lîngă. Își frămîntă degetele. Hai, că-i simplu, bîzîie muscoiul, ca încurajare. Pînă la urmă, elevul se hotărăște și deschide gura:

— Păi... la 1848... s-au sărbătorit... ăăă... 60 de ani pînă la nașterea tovarășului Nicolae Ceaușescu, Secretar General al P.C.R. și Președinte al R.S.R.

Cît era el de uns cu toate alifiile, nea Nicu nu se gîndise niciodată la chestia asta. „Are stofă de propagandist, clăpăugul", își spune el, decis să nu-i piardă urma. Cumva, îi dădea dreptate, că doar istoria se derula cu necesitate în sensul nașterii lui și al ajungerii lui în fruntea statului, nu? Pînă la urmă, puștiul era un vizionar... Numai că unul care se născuse prea tîrziu.

Mai bîzîie el ce mai bîzîie și intră în clasa de alături. Acolo se desfășura ora de cunoștințe social-politice. Era pe sfîrșite.

— Acum are cineva vreo întrebare, vreo nelămurire? se interesează profesoara. Văd deja o mînă sus. Ia să auzim, Viorel.

— Păăi, spuneați că în comunism o să dispară banii. Cum o să-și mai cumpere oamenii cele necesare traiului dacă nu mai sînt bani?

— Bravo, Viorel, bună întrebare, zîmbește profesoara. O să vă dau un exemplu, ca să înțelegeți mai bine. Să spunem, Viorele, că părinții tăi au nevoie de făină de porumb. Ei nu vor mai merge la magazin pentru ea, ci la o magazie imensă, de unde fiecare își ia cît are nevoie, fără să plătească. Apoi vor merge în piața centrală și acolo va fi o grămadă mare-mare de cartofi, din care, tot așa, iau cît au nevoie, în funcție de numărul de membri ai familiei. Și asta fără nici un ban. Acum ai înțeles?

— Am înțeles, tovarășa. Numai că nouă nu ne prea plac nici cartofii și nici mămăliga...

— O să vă placă, Viorele, o să vă placă! Te rog să mă crezi!

Nea Nicu iese din clasă, bătînd nervos din aripi. În hol, doi profesori stau de vorbă la o țigară.

— Eu zic că democrația socialistă s-a născut în rai, zice unul dintre ei, ochelaristul.

— Cum așa? se minunează celălalt, bărbosul.

— Păi, da, chiar în momentul în care Dumnezeu a făcut-o pe Eva, i-a arătat-o și i-a spus lui Adam: Acuma, omule, ia și alege!

— Ha! Ha! Ha! E bună!

Și-așa nu-i suporta el pe intelectuali, dar gata, era hotărît să ia măsuri. Avea dreptate Leana cînd spunea că ochelariștii și bărboșii sînt dușmanii deghizați ai poporului. Că ar trebui puși să facă sport în agricultură, să scoată sfecla cu dinții și cartofii cu lingurița de înghețată, dar cu normă, nu așa. Ea nu-i suferea de pe vremea cînd era tinerică, în ilegalitate, și vindea semințe în gară. Ăștia niciodată nu-i cumpărau bunătate de marfă. Mereu erau cu nasul pe sus. Luau copiilor acadele, în loc să încurajeze producția autohtonă de floarea-soarelui.

Și, planînd el așa deasupra orașului ca un uliu intrat la apă, zărește în spatele unei alimentare o ditamai coada, răsucită și îmbîrligată. Nedumerit, coboară să vadă despre ce-i vorba. Se așază fix pe umărul ultimului venit. Ăsta era un muncitor în salopetă, plin de vaselină pe mîini și cu cheia de paișpe în buzunar. Se vedea de la o poștă că o ștersese de la serviciu.

— Ce se dă aici? o întreabă muncitorul pe tovarăşa din faţă.

— Păi, nu ştiu, că n-am venit de mult, zice ea. Da', indiferent ce s-ar da, oricum am nevoie.

Mai întreabă el două-trei persoane, dar nimeni habar n-avea. Merge muncitorul de se plictiseşte, tocmai în capătul rîndului, la primul venit. Era un bătrînel palid, cu ochii duşi în fundul capului, cu mîinile vineţii, tremurînd din baston.

— Ia zi, moşule, ce marfă se bagă?

— Păi, deocamdată nimic, dragul moşului.

— Da' stai de mult, moşule?

— Aaa, daaa, de dimineaţă. De cînd mergeam eu aşa încetişor pe stradă şi deodată mi s-a făcut cam rău... Atunci m-am sprijinit un pic aici de uşă ca să-mi revin... Nu ştiu cît să fi stat aşa, poate un sfert de oră sau poate mai mult... Cînd m-am dezmeticit, deja se făcuse coadă în spatele meu...

— Şi dacă nu bagă nimic la alimentară, moşule? Stăm degeaba?

— Da' poate dă bunul Dumnezeu şi-or băga ceva... Şi-apoi parcă nu-mi vine să mă duc acasă, băiete, n-am mai fost niciodată primul la aşa o coadă...

Tare ar fi vrut nea Nicu să le facă o surpriză, să le bage carne calitate extra sau banane cum nici n-au visat vreodată, dar pe loc şi-a dat seama că aşa, ca muscoi, nu avea nici o putere. Se resemnează şi se aşază iute pe sacoşa unei femei care tocmai intra în magazinul de vizavi.

— Nu vă supăraţi, aveţi peşte? zice femeia.

— Nu, aici nu avem carne, alături nu au peşte, răspunde amabilă vînzătoarea.

Așa carevasăzică, mormăie muscoiul. Iar lui îi spuneau în fiecare dimineață la raport că magazinele gem de bunătățuri, se rup rafturile de carne și lapte, poporul gîngurește fericit ca un prunc, știuleții se fac cît bastoanele milițienilor și cartofii cît mingile de fotbal, toată lumea rîde, dansează și muncește cu spor. Las' că mai vorbim noi, Avramescule!, își zice el și zboară mai departe.

Ajunge într-un parc, unde este atras de rîsete tinerești. Iată că sînt și oameni fericiți în țara asta, se bucură nea Nicu. Bagă viteză și dă peste un grup de liceeni, adunați ciotcă în jurul unei bănci. Fumau și își treceau o sticlă de băutură de la unul la altul.

— Haideți să vă spun eu unul tare... Cică într-o bună zi moare Vladimir Ilici Lenin. Cu tupeu, se duce direct la poarta raiului. Cînd îl vede, Sfîntu' Petru e gata să facă atac de cord. Ce cauți aici, chelbosule? Hai, întinde-o, locul tău e printre încornorați. Supărat foc, se cară Lenin împărăția lui Scaraoțchi. După o vreme, Sfîntu' Petru se întîlnește cu Aghiuță, care era ajutor de băgător de lemne pe foc la cazanele cu smoală. Ce mai faci, măi, Aghiuță, cum o mai duci?, îl întreabă Sfîntu' Petru. În primul rînd că eu sînt tovarășul Aghiuță, îi spune ăsta țîfnos, iar apoi să știi că Dumnezeu nu există și, ai grijă, revoluția proletară va începe curînd.

— Ha! Ha! Ha! Da știți voi de ce a murit tovarășul Andropov?

— Nuuuu, strigă ceilalți în cor.

— Nici eu nu știu exact, dar cică la autopsie tare s-a mai zvîrcolit săracul...

— Dar știți de ce și-a omorît tovarășul Hrușciov pisica?

— Nuuuu!

— Că de la o vreme nu mai zicea miauuu, ci maoooo!

— Ha! Ha! Ha!

— E beton! Dar stați așa, că vă spun și eu unul din aceeași serie. Cică un ascultător întreabă la radio: Nu vă supărați, este posibil ca o femeie să nască de trei-patru ori în același an calendaristic? Realizatoarea răspunde: Nu, tovarășe Nicolae Ceaușescu, sigur nu.

— Ha! Ha! Ha!

— Stați, băi, să vă spun și eu unul...

— Zi-l, vere, ce tot te cîcîi atîta!

— Cică stepul a fost inventat de către un om al muncii, Stepan Stepanov Stepanovici, care avea zece copii și o singură oliță de noapte!

— Slăbuț, nene!

— Nota șapte!

— Să vă spun eu unul, de nota nouă! Cică Tovarășul și Tovarășa sînt invitați într-o vizită diplomatică în Franța. După ce termină ei toate întrevederile oficiale, la insistența Tovarășei, merg să viziteze Luvrul. În fața unui tablou, Elena se entuziasmează în gura mare: Phiii, ce da Vinci ca lumea! Ghidul îi șoptește discret și cu tact: Seamănă un pic a da Vinci, dar este un Rembrandt, doamnă. Mai face Tovarășa cîțiva pași și, din nou: Phii, da' ce Utrillo minunat! Ghidul intervine din nou: Vă rog să-mi permiteți o mică rectificare, doamnă, este un da Vinci. Trece ea în sala alăturată și exclamă: Pe-asta o știu! Sigur o știu! Este *Țiganca* lui Grigorescu. Ghidul zîmbește pe sub mustață: Îmi pare rău să vă dezamăgesc, doamnă, dar nu e decît o oglindă.

Din nou, rîsete!

— Dar cele șapte minuni ale comunismului le știți care-s?

— Nuuu! se strigă în cor.

— Unu: în România toată lumea are serviciu. Doi: deși toată lumea are serviciu, nimeni nu muncește. Trei: deși nimeni nu muncește, planul se face peste 100%. Patru: deși planul se face peste 100%, magazinele sînt goale. Cinci: deși magazinele sînt goale, toată lumea are ce mînca. Șase: deși toată lumea are ce mînca, nimeni nu e mulțumit. Șapte: deși nimeni nu e mulțumit, toată lumea aplaudă.

Furios, nea Nicu își ia zborul în trombă. Nu mai voia să asculte. Niște nerecunoscători! Le făcuse grădinițe și școli, ore de învățămînt politic și șantiere ale tineretului, ce mai voiau? Îi făcuse șoimi ai patriei și pionieri, îi lăsase să cînte liber cîntece patriotice, nu-i împiedicase niciodată să mărșăluiască de 23 August, le dădea două ore de program la televiziune pe zi, ce mai voiau? Le-a permis chiar să meargă în vizită în Bulgaria și în Uniunea Sovietică, să participe la Cîntarea României, ce mai voiau? Ba chiar să-i și facă portretul le dăduse voie. Niște nerecunoscători.

Supărat și obosit, se așază – deh, obiceiuri de muscă – pe un rahat. Nu trece mult timp și aude niște voci. Se uită în jur, nimeni. Totuși, curios, trage cu urechea.

— Tată, e adevărat că se poate locui într-o prună?

— E adevărat, fiule!

— Dar într-un măr?

— Și într-un măr, fiule.

— Să nu spui că se poate locui și, miam-miam, într-o banană.

— Ba chiar se poate, fiule, de ce nu?

— Și atunci de ce, tată, noi locuim în rahatul ăsta împuțit?

— Deh, fiule, ce să facem, asta e țara noastră. Dar trebuie să fim mîndri de ea, băiete!

Înspăimîntat de moarte, Cel mai iubit fiu al poporului o ia la goană fix către Comitetul Central. Nicăieri nu se simțea mai în siguranță decît acolo. Și, dacă va fi să mai prindă vreodată un peștișor de aur, decît să mai treacă prin ce-a trecut, își zice el, mai bine îl topește frumușel și își face un robinet la baie la Casa Poporului.

Mare figură nea Mitu!

13

Cum spuneam, luni m-am trezit cam tîrziu și nu eram în apele mele. M-am învîrtit prin casă fără să fac mare lucru. Un pic de curățenie și o supă. Cînd sînt singură, mănînc foarte puțin. La un moment dat am vrut să mă duc pînă la biserică, să aprind o lumînare și să mă rog, dar mă simțeam prea obosită. Pe la prînz m-a sunat un nepot cu o rugăminte. Un prieten al lui, jurnalist, voia să facă un reportaj despre nostalgia după comunism, iar el, Cătălin, se gîndise că aș putea să-i dau o mînă de ajutor.

— Cum așa, măi, Cătălin, chiar pe mine m-ai găsit să mă dai la ziar?

— Hai, tanti, că e un prieten...

— Dar știu eu dacă sînt persoana potrivită?

— Păi, tata mi-a zis că matale îl regreți pe Ceaușescu, că ai fost membră de partid și că boiereai, de-aia m-am gîndit că...

Așadar, nu numai Alice mă credea o comunistă. I-am spus să vină miercuri dimineața.

E drept, fusesem membră de partid. Asta nu însemna că în decembrie '89 nu strigasem „Jos Ceaușescu!", că nu urmărisem cu sufletul la gură revoluția la televizor și execuția Ceaușeștilor. Asta nu însemna că după aceea nu-mi păruse rău că-i împușcase în ziua de Crăciun, fără să-i lase să se apere. Asta nu însemna că nu-mi părea rău după viața pe care o trăisem, fără să mă duc să pun flori la mormîntul lor.

Am fost făcută membră de partid cu aproape un an înaintea căderii regimului. Nu spun „m-am făcut", ci „am fost făcută", pentru că eu nu am mișcat un deget pentru asta. Într-o bună zi, secretarul de partid pe întreprindere a constatat că numărul membrilor de partid femei era prea mic. Era sub nu știu ce procent. Chestia asta era opera Elenei Ceaușescu, ea se lupta ca numărul femeilor în partid și în funcții de conducere să crească și stabilise și o cotă minimă, care era obligatorie. La noi fiind o fabrică unde se muncea din greu, cu tablă și cu fiare ruginite, cu strunguri, polizoare și mașini de găurit, nu erau prea multe tovarășe. Așa că secretarul de partid alerga cu limba pe umăr după clienți, era în stare să te invite și la cinema, numai să accepți. Nu că l-ar fi durut de soarta partidului, dar își apăra scaunul. „Își apăra" e puțin spus; ținea de el și cu dinții. Fiindcă pe oamenii ăștia, dacă îi scoteai dintr-o funcție de conducere, nu mai știau nimic să facă. Ce învățaseră cîndva, dacă se prinsese vreo meserie de ei, uitaseră tot. Nu mai știau nici ce diametru are piulița de opt. Așa că omul nostru umbla să-și facă procentul, fiindcă altfel zbura imediat din funcție. Nu prea era de glumit. După ce că eram puține femei în fabrică, pentru a deveni membru de partid mai trebuiau îndeplinite niște condiții. Nu trebuia să ai abateri disciplinare, rudele nu trebuia să fi avut antecedente penale și alte lucruri de genul ăsta. Originea sănătoasă, adică să fii copil de muncitori sau țărani, nu prea mai conta, acu' nu mai făceau mofturi, erau buni și copiii de intelectuali, numai să iasă la număr. Eu îndeplineam toate condițiile, așa că m-am trezit cu ditamai secretarul de partid, vesel nevoie mare, la locul de muncă, să mă invite să-mi depun dosarul. Atenție, nu mă chemase la el în birou, ci bătuse frumușel talpă pînă la mine, el, care nu venea decît în inspecție... Bineînțeles, de toate astea mi-am dat seama abia după aceea, cînd m-am pus cît de cît la punct cu politica internă a partidului, atunci eram doar uimită că mă caută un asemenea grangur. Zîmbitor – tovarășa în sus, tovarășa în jos –, mi-a explicat că e o onoare, o dovadă de încredere și alte bla-bla-uri. Eu nu eram împotrivă, dar nici prea mîndră, așa că nu i-am dat un răspuns clar. Nu-mi convenea că, așa cum văzusem la alții, numărul ședințelor la care trebuiau să meargă era mult mai mare. Cînd noi deja plecam acasă, ei, hop!, la ședință de partid. Nu mă gîndeam deloc, cum se spune acum, că era un partid criminal, care băga oameni la închisoare și care înfometa populația. Nu știu de ce, dar nu mi-a trecut nici o clipă asta prin cap. Poate fiindcă eu n-am avut nici o rudă închisă, poate pentru că eu eram totuși mulțumită de viața pe care o aveam. Spun „totuși“ pentru că, desigur, erau și neplăceri. Acum sînt mult mai mulțumită de viața pe care am dus-o atunci decît eram chiar în momentul ăla. Pentru că acum am cu ce compara. Nu spun că, dacă ar veni vremuri și mai vitrege decît astea, n-aș regreta clipele de față... Nu după mult timp, a venit să vorbească șefu' cu mine. Cică să accept, că nu am ce pierde. Că, dacă voiam să fac școala de maiștri, ceea ce mă bătea gîndul, era aproape obligatoriu să fii membru de partid. Școală de maiștri n-am mai făcut, dar de înscris m-am înscris. De fapt, pe șefu' nu-l puteam refuza. Avea un fel de a se purta cu noi, că era greu să-i spui „nu“ vreodată. Mi-am depus dosarul și în cel mai scurt timp m-am trezit cu carnetul roșu în mînă. În principal, am început să merg la ședințe și să plătesc cotizația. Abia mai tîrziu am văzut care erau avantajele, căci erau și din astea. Cînd era vorba de luat concediu, aveam prioritate la alegerea perioadei: „E membră de partid tovarășa!“. Conta. Cele mai bune stațiuni cu cele mai bune hoteluri și la prețurile cele mai mici erau pentru noi. Uneori erau chiar gratis. La avansări, iar conta. Eu deja aveam butelie și apartament, dar și în cazul lor se avea în vedere situația politică. De fapt, văzusem și în perioada cît făcusem liceul la seral că profesorii erau ceva mai atenți, adică mai indulgenți, cu membrii de partid. Sigur, nu era scris nicăieri că profesorii trebuie să procedeze astfel, dar așa se întîmpla. Probabil că se gîndeau și ei că vreunul din ăsta ajunge cîndva într-o funcție barosană și poate să le frece ridichea de nu se văd. Sau pur și simplu își spuneau că vor fi niște pile utile vreodată. Ce vreau să spun este că, pe lîngă avantajele oficiale, erau multe alte situații în care, ca membru de partid, aveai de cîștigat. Chiar și miliția seara pe stradă, cînd îți cerea actele, altfel se uita la tine dacă pe lîngă buletin scoteai și carnetul roșu. Nu e vorba de respect, ci o anumită teamă: poate că erai un barosan și puteai să-l faci să-și piardă pîinea. Pe cînd, dacă nu erai membru de partid, sigur nu puteai ocupa cine știe ce funcție, așa că te trata mai cu sictir. Pînă la urmă, nu mi-a părut rău că m-am înscris, chiar dacă nu am făcut cine știe ce carieră. Unul de la mine din sat, care a trecut prin școală ca gîsca pe apă, făcuse Școala de Partid, împins de un unchi de-al lui, care știa cum merg treburile, și ajunsese primar. Pe bază de alegeri, bineînțeles. Alegeri cu candidat unic, numit de partid. Aș fi putut face și eu ca el, aveam un exemplu, dar nu m-a tentat. Nu trebuia să ai mintea strălucită ca să devii activist. Dacă aveai referințe sănătoase și știai să strigi trăiască una sau alta era suficient.

Drept să spun, la revoluție carnetul roșu mi-a dat emoții. Acum pare de tot hazul, dar atunci îmi cam tremurau nădragii. După cîteva zile de euforie, cînd oamenii își dădeau foc la carnete și le țineau deasupra capului ca pe niște făclii, am început să-mi pun întrebări. Dacă se întoarce comunismul? Asta a fost prima teamă. Sovieticii sînt aproape, cît e să urce în tancuri și să vină să facă prezența? Aici, la noi, în nordul țării, tot timpul teama de ruși a fost mai mare. Vin și cer carnetele la control, ce mă fac atunci? Așa că nu l-am ars. Dar dacă ăia care vin la putere se pun pe vînat comuniști? Asta a fost a doua teamă. Dacă ardeam carnetul nu era bine, dacă îl țineam iar nu era bine. Eram descumpănită. Pînă la urmă mi-am zis că este mai bine să-l ascund. E ca și cum nu l-ai avea, dar la nevoie îl puteai scoate la inventar. Zis și făcut. Cel mai bun loc, care dădea cel mai puțin de bănuit, mi s-a părut a fi în spatele icoanei. Nu l-am mai căutat, dar cred că și acuma e acolo.

Toată ziua de luni am fost ca în transă.

Conversația cu Alice și telefonul lui Cătălin mi-au redeșteptat tot felul de amintiri. Încercam să ies din flux, să nu mă las dusă de val, să mă întorc cu mintea în apartamentul ăsta la etajul patru, dar nu mi-era deloc ușor. Am încercat să mă smulg, să mă iau în rîs. Hai, comunisto, vezi și tu un film la televizor, că acum ești liberă! Dă și tu cu aspiratorul, că o să te trezești cu șobolani sub covor! Făceam ce făceam și mintea mi se întorcea în urmă, răsucind trecutul pe toate fețele. Părinții, satul, călcatul tezicului, tanti Lucreția și nenea Andrei, căminul, Țucu, întreprinderea. Întîmplări. Cuvinte și figuri. Alice. Dar nu veneau pe rînd, una cîte una, cuminți ca niște oi, ci curgeau învolburat, toate deodată. Toate voiau deopotrivă să le bag în seamă. Ca și cum trecutul meu ar fi fost o hartă plină cu beculețe care pîlpîiau simultan, ca o clasă de elevi silitori, în care ridicau toți mîna să răspundă la lecție. Un singur curent electric trecea prin toate beculețele, la o singură întrebare trebuia să răspundă toți elevii: Emilia Apostoae a fost cu adevărat fericită sau doar i se pare, de fapt este o nebună?

Da, în felul tău ai fost fericită!, îmi spuneau toate amintirile.

Dar, odată smuls răspunsul la întrebarea asta, din ea ieșeau, ca dintr-o adevărată matrioșkă, alte întrebări: cum de ai putut fi tu fericită cînd alții erau nefericiți? Ce ai făcut tu pentru fericirea altora? Cîți oameni fericiți ar fi trebuit să fie în jurul tău ca să ai și tu dreptul să fii fericită?

Noaptea a fost frumoasă, cu stele clare.

14

Sînt în autobuz. Am inima cît un vîrf de ac. Am fugit de acasă. I-am lăsat un bilet Sandei în care i-am scris că plec la Oraș, să nu se îngrijoreze. Nu am decît hainele de pe mine, actele și ceva bani, foarte puțini. Îmi pun speranța în nenea Andrei și în tanti Lucreția. Am șaptesprezece ani și am terminat zece clase la noi în sat. Dacă vreau să continui liceul, trebuie să plec la oraș. De doi ani tatonez terenul pentru această plecare, dar mama și cu tata nici nu vor să audă. În loc de răspuns, mă întreabă cine va rămîne în casa părintească și cine va avea grijă de ei la bătrînețe. Mai toate fetele de vîrsta mea deja au plecat, vin doar în vacanță. Nu vreau să rămîn proasta satului. Nici băieți de seama mea nu prea mai sînt, s-au împrăștiat în toată țara: București, Timișoara, Brașov, Constanța... Toți tinerii fug ca potîrnichile. NU SÎNT PROASTA SATULUI. Îmi vine să plîng. Pun capul pe scaunul din față și mă abțin. În autobuz mai sînt și alți oameni din comună. Nu am bani să mă întrețin singură la liceu, dar voi face o școală profesională. Așa cum s-au descurcat atîția prăpădiți, o voi face și eu, mă încurajez. Voi scăpa la banii mei și la viața mea. Îmi șterg nasul cu poalele rochiei. Nu ridic capul din spătarul scaunului din față, mă gîndesc că am ochii roșii. Nu vreau să mă întrebe nimeni nimic. Mi-aș fi dorit să plec cu voia alor mei, să mă fi condus la autobuz. Așa e frumos. Dar mama și tata nici nu vor să discute. Nici nu ascultă. O SĂ LE PARĂ RĂU CÎNDVA. Tanti Lucreția are un copil de doi ani, Tudor. Îmi spun că aș putea să am grijă de el. Nu vreau să stau la ei gratis. Sau o să stau la un cămin, ceva. Ea nu mai lucrează la Telefoane, se ocupă de acte la o magazie. „Au zburat-o de acolo", cum a spus nenea Andrei, supărat. De oboseală, tanti uitase să spună „Trăiască lupta pentru pace" sau altceva de genul ăsta. La capătul firului era cineva mare de la partid și începînd cu a doua zi a trebuit să-și caute alt serviciu. Așa a ajuns la o magazie într-o fabrică de profil textil. „Bine că n-au exclus-o din partid", a spus tata. Nenea Andrei a dat din cap că da, așa e.

Autobuzul se tîrîie ca o rîmă. Tabla s-a încins și mirosul de vopsea se amestecă cu cel de motorină. Îmi dă tîrcoale o senzație de vomă. Sîntem pe o porțiune de drum prost și stomacul sare ca o minge. Praful îmi usucă nările și gura. I-aș cere șoferului să oprească, să iau o gură de aer, dar toți ochii s-ar aținti asupra mea. Nu vreau să mă vadă nimeni, nu vreau să vorbească nimeni cu mine. Cu cît mai nebăgată în seamă, cu atît mai bine. Îmi fixez privirea pe vîrful picioarelor. Am o pereche de sandale albe, decupate în față. Descopăr ce unghii murdare am și îmi amintesc cît de bună fusesem cu ai mei. Nu plecasem oricum, ci rămăsesem să terminăm de făcut tezicul pe anul ăsta. Nu-i lăsasem de izbeliște. Mă podidesc din nou lacrimile. Așa reușesc să uit de greața la stomac. Mă simt cumva mai bine.

Autobuzul oprește. E un capăt de sat. Mă uit după stație, dar nu-i nicăieri nici un indicator. Șoferul coboară vioi. Deși e lac de transpirație, fluieră vesel. O melodie populară. Intră pe poarta casei din dreptul autobuzului. Îl întîmpină o bătrînă. Vorbesc ceva între ei, apoi șoferul ne strigă:

— Puteți coborî să vă dezmorțiți oleacă. Acolo e o fîntînă.

Deocamdată nimeni nu se mișcă, de parcă vorbele lui nu s-ar fi auzit. De parcă toată lumea vrea să arate că dorește să ajungă cît mai repede la destinație. Șoferul și bătrîna încep să culeagă prune. Doi bărbați coboară și își aprind țigările. Iese și un copil, care începe să smulgă fire de iarbă de pe marginea șanțului.

— N-am trecut de jumate, zice cineva.

Încet-încet, autobuzul se golește.

Dacă rămîn înăuntru, toți ochii vor fi pe mine, îmi spun.

Șoferul șterge cîteva prune cu colțul cămășii și începe să le mănînce. Scuipă sîmburii cu boltă, amuzat. Doar bătrîna pune fructele într-o pungă transparentă.

Mă duc la fîntînă și îmi clătesc fața.

Oamenii s-au mai înviorat, au prins a vorbi între ei.

Mă feresc tot timpul.

Într-un tîrziu, șoferul se întoarce cu două sticle de lapte și cu punga de prune. Ambalează motorul. Fumul negru din țeava de eșapament formează nori ca de furtună. Cu toții, ne îngrămădim în ușă.

— Cine nu-i gata, îl iau cu lopata! ne strigă șoferul, mereu vesel.

Drumul pare să nu se mai termine. Cei șaptezeci de kilometri se dilată, se dilată, devin o mie. Pe măsură ce ne apropiem de oraș, mi se face tot mai frică. Mă îngrozește gîndul că tanti Lucreția și nenea Andrei ar putea să nu fie acasă. La asta nu mă gîndisem. Dacă erau în concediu? Dar dacă erau acasă și a doua zi mă trimeteau pachet înapoi? Cu ce obraz călcam eu din nou în ogradă? Ce rușine!

Pe de altă parte, M-AM SĂTURAT DE BALEGĂ.

Mai bine dorm în parc decît să fac tezic.

Nu mai vreau gloduri. Nu vreau să mă mărit cu unul ca nea Culiță.

Nu, nu, nu vreau! Nu, nu, nu! Nu sînt eu proasta satului! Nu!

Cînd tanti Lucreția deschide ușa, eu plîng în hohote.

— Să... să nu... mă fugărești, tanti, să nu mă...

— Șșșt, că doarme copilul!

— Să nu... fugă... gărești...

— Ce-i cu tine, fată? Intră. Te-am fugărit eu vreodată?

Îi cad în brațe.

— Ce-i, Mica?

— Am... am... fugit de-acasă, tanti!

— Te-au fugărit de-acasă?

— Mîh... mîh... nu, eu... eu am fu... ugit...

Stăm pe canapea și îi povestesc, cu suspine. Nu mă lasă din brațe.

— Hai, acuma gata cu plînsul, m-a plîns destul Tudor pînă a adormit! Vrei să mănînci ceva?

— Nu.

— Atunci, hai, la somn! Dacă ești cuminte, mîine ne facem unghiile.

Ușa de la camera în care dorm e deschisă. De dimineață, aud voci în bucătărie. Să fi venit după mine? Nu, e glasul lui nenea Andrei. S-a întors din delegație, carevasăzică.

— Nu știu, Lucreția dragă, nu știu ce să spun... Chestiunea e delicată. Ce drept am eu să mă bag peste hotărîrea lor?

— Dacă fata vrea să învețe, e păcat să rămînă în satul ăla nenorocit.

Eu dau aprobator din cap.

— E fratele meu, Lucreția, înțelegi?

— Tu ai fi ajuns ce ai ajuns dacă ai fi rămas acolo?

— E adevărat că...

— Știi ce? Dai vina pe mine. Spui că eu nu știu ce și nu știu cum, ca să nu cazi tu la mijloc... Ce zici?

— Pfff...

— Apoi Mica ar putea sta și cu Tudor. Se pricepe la copiii... Deja știe chestiile de menaj...

— Vii și tu cu mine ca să vorbim cu ei...?

O iubesc din nou pe tanti Lucreția.

Sîntem în sufragerie. Tudor împinge un tractoraș. Telefonul este lîngă farfuria cu prăjituri. Ceștile de ceai, goale, stau una în alta. Mă uit la hîrtia cu numere de telefon pe care mi-a întins-o tanti Lucreția. Mîinile îmi tremură.

— Ce faci, nu suni? mă întreabă ea.

N-am mai vorbit niciodată la telefon și parcă n-aș vrea să încerc acum.

— Nu vrei să suni matale, tanti?

— Offf, parcă ești neni-tu Andrei! Totdeauna mă pune pe mine să vorbesc. Voi, ăștia de la țară... Parcă v-ar mînca telefonul!

Înghit două-trei noduri.

Tanti Lucreția se descurcă foarte bine. Are voce de profesoară. Mă dau aproape, să aud ce se spune și de la celălalt capăt al firului.

— Da, profil textil ne-ar interesa.

— Nu se mai fac înscrieri, tovarășa. E cam tîrziu...

— Deloc-deloc? Vă rog să mai verificați o dată... O să fim și noi drăguți.

— Știu precis că s-au încheiat. Dacă sunați măcar acum două zile, se rezolva. Acu' deja am trimis dosarele.

— Dar în altă parte?

— Doar la confecții metalice s-ar mai putea... Da, aici s-au încheiat abia ieri înscrierile. Dacă ajungeți mîine dimineață, încercăm să facem ceva...

— Ce-s astea, confecții metalice? Fac cămăși și pantaloni de tablă?

— Nu, tovarășa... Fac din tablă, dar nu cămăși... diverse repere...

— Eu, tovarășe, caut ceva potrivit pentru o domnișoară drăguță și deșteaptă.

Îmi face din ochi. Eu mă înroșesc.

— Știu eu... pentru o domnișoară... Praf, rugină, știți cum e...

— Dar cu balegă n-au de-a face, nu?

— Nu, tovarăşa, nici o balegă. Aia e la zootehnie.

— Aha!

— Avem înscrise şi fete la confecţii metalice, să ştiţi!

— Dar altceva n-ar mai fi?

— Altceva, nimic. E foarte tîrziu, v-am spus.

Tanti Lucreţia mă întreabă din gesturi dacă accept şi eu dau din cap energic că da.

— Bine, confecţii metalice să fie, tovarăşe! zice tanti Lucreţia.

— Îmi spuneţi numele candidatei?

— Mica Burac.

— Emilia, îi şoptesc eu.

— Pardon, Emilia! Emilia Burac.

— A-şa... am notat. Eu mă numesc Constantin Gospodaru. Mă căutaţi mîine dimineaţă şi se rezolvă. Constantin Gospodaru, nu uitaţi!

După ce pune receptorul în furcă, îmi vine s-o pup. Pentru a nu ştiu cîta oară zilele astea.

— Să-l caut pe Andrei, să facă rost de ceva bun pentru mîine, că nu te poţi duce cu mîna goală, mai mormăie tanti Lucreţia.

15

Sîntem după pauză și fiecare își vede de ale lui. Eu fac o cutie, de mărime medie, cu mai multe compartimente, pentru vecina mea, Rozalia. Cam ce cred eu că i-ar trebui unei croitorese. Sanda îmi dă o mînă de ajutor. E mai mult de un an de cînd s-a angajat și ea aici, la atelier. Numai eu știu cît m-am zbătut, cît m-am milogit la șefu' să o primească. I-am spus că e harnică, își știe locul, își ține gura, în fine, toată vrăjeala de rigoare. Atîta l-am bătut la cap, că pînă la urmă a fost de acord. Pînă acum nu m-a făcut de rușine, iar șefu' nu are ce să-mi reproșeze. Cît despre Sanda, e în al nouălea cer. La cît se cîștigă, cred și eu.

Pe ușă intră portarul cel tînăr, cu Alice de mînă. Fetița plînge cu sughițuri. Las totul baltă și mă reped să văd despre ce e vorba. Portarul îmi spune că mititica a venit bocind, că vrea să vorbească cu mama. O mai adusesem de două-trei ori la mine la serviciu, cînd nu aveau școală și nu aveam cu cine să o las acasă, și iată că găsise drumul. Oricum, n-ar fi trebuit să vină singură, dar îmi păstrez cearta pentru mai tîrziu.

Îmi mărturisește, cu suspine, că a luat opt la caligrafie.

Bine că nu e ceva mai grav, mă gîndesc eu.

— Dar de ce numai opt, tu? o întreb.

— Nu... nu... nu ș-știu, plînge ea în continuarea, dar n-nu, nu e corect...

E îmbujorată și plină de muci. E atît de caraghioasă, că-mi vine să rîd.

Scoate caietul și îmi arată, să văd cît de frumos a scris. Îi explic că mie îmi place, dar că, dacă tovarășa i-a pus numai opt, știe ea de ce.

Și eu știu, dar tac.

— Ș-și Laura a scris mai urît ca mine, ș-și a lua-at zece.

Iată că și copiii își dau seama de unele lucruri.

Laura e fiica șefei comitetului de părinți. Comitetul se ocupă, în principal, de organizarea excursiilor și strîngerea banilor pentru diferite ocazii, dar mai ales pentru 8 martie, sfîrșitul de an școlar sau aniversarea învățătoarei. La ultima întîlnire avuseserăm o discuție cam aprinsă. Am atras atenția că, pe an ce trece, cadourile pentru învățătoare devin din ce în ce mai scumpe, ceea ce nu mi se pare normal. Mama Laurei a ripostat că tovarășa merită, fiindcă lucrează foarte mult cu copiii, își dă toată osteneala, tra-la-la. De aici, cearta. Țucu îi spune învățătoarei Madam Lănțișor. Asta fiindcă îi plac la nebunie bijuteriile din aur. Cît mai grele. De aceea cadourile din partea clasei înseamnă lănțișoare, cercei, inele. Ultima dată, mama Laurei propusese o brățară. De fapt, sînt sigură, e o sugestie de la tovarășa, ca să nu spun o comandă. De aceea mi-a sărit muștarul. Parcă văd cum se întîmplă lucrurile: mama Laurei se duce toată numai zîmbet la tovarășa și-i spune, pe voce parfumată, că noi, colectivul clasei a treia, îi mulțumim din inimă pentru efortul depus și că am vrea să-i oferim o modestă atenție, dar că nu ne putem hotărî, idei sînt multe și nu știm care e cea mai bună. Învățătoarea dă ochii peste cap, face pe rușinata, spune că ea își face doar datoria, că nu e nevoie, dar, dacă ei totuși insistă, fiindcă tot se pregătește să meargă la o nuntă, o brățară modestă ar fi un cadou potrivit. În nici un caz nu spune „de aur". Mama Laurei îi mulțumește din inimă, din nou, că ne-a scos din încurcătură și vine în comitetul de părinți cu o propunere întîmplătoare: să punem mînă de la mînă și să cumpărăm, de exemplu, o brățară, că inele și lănțișoare tot am luat, s-o fi săturat tovarășa, săraca.

Îi șterg nasul și o spăl pe față. Încerc să o liniștesc.

Într-un fel, și eu sînt vinovată de plînsul ei. Mereu îi zic că nu are ce-mi căuta cu note mici acasă. Că, dacă ia note mici, o să ajungă ca mama, să tragă de fiare într-o fabrică. Sau chiar mai rău, femeie de serviciu pe undeva, încasatoare la toaleta publică.

Acum o mîngîi și îi explic că tovarășa învățătoare nu are nimic cu ea, doar trebuie să se străduiască să scrie mai frumos; să fie cuminte și ascultătoare.

Ce altceva să-i spun?

La celelalte clase, am auzit, învățătoarele sînt mai rezonabile. O cutie de bomboane, un buchet de flori și un bibelou mai frumos sau un serviciu de cafea sînt suficiente. Doar a noastră e așa, hrăpăreață. Dar numai la ea am mai găsit locuri cînd am înscris-o pe Alice în clasa întîi, pentru că și locurile astea, la învățătoarele bune, se ocupă, cu relații, înaintea începerii anului școlar. Bineînțeles, Madam Lănțișor nu refuză nici micile atenții aduse în mod personal, fără vreo ocazie specială. Doar așa, ca să nu uite că există și copilul tău în clasă. Și aici sînt restantă. De la începutul trimestrului n-am mai văzut-o la ochișori.

Uffff!

Sanda se oferă să aibă grijă de Alice, ca eu să pot termina cutia.

O ia de mînuță și dispar pe ușa atelierului.

Lucrez și mă gîndesc că e bine în viață să ai scris frumos, așa cum am eu. Mereu ai de cîștigat. Orice loc de muncă ai avea, e nevoie de cineva care să țină caietul cu informări politice, să facă tabelul cu activități și alte hîrțoage. Or, la astea nimeni nu se uită ce e înăuntru, important este ca tabelele să fie clare, cu două-trei culori, iar scrisul să fie caligrafic. Iar cine face asemenea hîrțoage e mîna dreaptă a șefului. E bine în viață să ai scrisul frumos, ce mai!

Cînd termin, ies și eu la aer.

E primăvară și e călduț, vițel-de-vie i-au dat frunzele.

Aud hăhăieli într-o latură atelierului și mă duc să văd ce se întîmplă. Sanda, Alice, nea Mitu și Sorin stau cu fundul pe bordură și rîd molipsitor. Mai că îmi vine și mie să rîd, deși nu știu despre ce e vorba. Alice îmi arată cu degetul spre cîini, dar nu văd nimic amuzant. Îmi explică Sanda, cu icnete.

Ce făcuseră nenorociții?

Noi avem trei cîini, care stau mai mult pe la poartă. De decor, că nici unul nu mușcă. Dacă le arunci o bucată de ceva, ești cel mai bun prieten al lor. Ei le preparaseră bucăți de mămăligă amestecate cu sare și tăvălite prin untură, ca să meargă mai ușor, și-i hrăniseră pe săturate. La scurt timp, cotarlelor li s-a făcut sete, nu glumă. În două cutii de conservă de pește le-au pus apă, dar nu de asta obișnuită, ci minerală, cît mai acidulată. Acum stăteau și se uitau cum încearcă bietele animale să-și potolească setea.

Aici trebuie să fie capul lui nea Mitu.

Mă așez și eu. Acum, după ce știu despre ce e vorba, mă pufnește și pe mine rîsul.

Sînt două cutii și trei cîini. Bebe, cel mai tînăr, cu blana cenușie și deasă, moaie din nou vîrful limbii și sare doi pași înapoi. Se uită întrebător la ceilalți doi, Anghelache și Titic, care miros prudent. Pe Titic îl stropește o bulă drept în nas și scutură cu putere din cap. Nu-și dau seama ce se întîmplă, dar setea îi împinge să încerce. Bebe, probabil cel mai hulpav dintre ei și mai însetat, lipăie de două ori cu repeziciune și începe să scheaune – i-au dat lacrimile. Anghelache și Titic se uită curioși la el, apoi se apropie și îl miros. După momentul de cercetare, se întorc tustrei în jurul cutiilor. Alice rîde de se prăpădește, ba chiar printre hohote scapă și un pîrț. Anghelache se uită la cutie cu un ochi, plin de neîncredere, și o împinge cu laba, parcă să vadă dacă e vie, dacă mișcă. Asta agită bulele, așa că, atunci cînd se apropie, cu încetinitorul, primește o stropitură invizibilă între sprîncene. Se retrage clipind des, dar fără mișcări bruște, cu ochii pe pradă. Bebe e cel mai lipsit de răbdare. Lipăie din nou și fuge, ca și cum ar fi furat ceva. Titic stă mîndru, cu capul ridicat și urechile drepte, dar cu limba scoasă jumătate de metru.

Mă ridic și le aduc un castronel cu apă normală.

Ne strîngem catrafusele și plecăm spre casă. Alice încă e îmbufnată că le-am stricat distracția.

Îi iau caramele, ca să-i mai treacă.

Caramelele sînt tari ca piatra.

— Las' că ajungem acasă și le punem în apă călduță la înmuiat, îi spun eu.

Alice a adormit. Eu și cu Țucu ne sfătuim ce să facem, cum să reacționăm. Eu sînt de părere că ar trebui să mergem și să discutăm cu directoarea școlii, dar Țucu e mai pacifist, zice să nu ne punem cu nebuna, fiindcă oricum nu mai este decît un an și fata trece în clasa a cincea. Și oricum sînt greu de dovedit reaua-credință, persecuția etc. E mai bine, crede el, să vorbim cu frumosul și eventual să-i dăm o sacoșă cu ceva.

— Mai degrabă se rezolvă lucrurile în felul ăsta..., zice Țucu.

— Atunci te duci tu să vorbești! îi strig eu.

— Mă duc.

În chestiuni delicate, întotdeauna el are mai mult tact.

— Mami, uite, azi am luat zece la caligrafie!

— Bravo! Ai văzut că tovarășa n-are nimic cu tine?

— Ai avut dreptate, mami! zice ea, alintîndu-se pe lîngă mine ca o pisică.

16

Țucu s-a întors de la țară marți după-amiază. Era nebărbierit și transpirat. L-am pus să se dezbrace în hol și i-am dus hainele direct în balcon.

— Miroși de parcă ai intrat cu tot cu vacă în casă, am zis eu.

N-a ripostat. A cărat sacoșele în bucătărie și și-a etalat trofeele pe masă. M-am bucurat că a venit, măcar nu mai vorbeam singură. Aveam cu cine glumi. Nu i-am spus nimic despre Alice, despre discuția cu privire la alegeri. Nici nu cred că-l interesa prea mult. De cînd cu gospodăria, alt subiect de vorbă nu prea agrea. În hol, persista mirosul de grajd, așa că mi-am pus nările în funcțiune și am început s-o fac pe-a detectiva. Nu mi-a fost greu să descopăr că pantofii, în striurile de pe talpă, aduseseră cîteva amintiri din grajdul Catrinei. De fapt, gospodăria Catrinei este gard în gard cu cea a bătrînilor și între ele se comunică. În zona grădinii trebuie să fii de-al casei ca să știi unde e a unuia și unde e a altuia. Grajdul este, de asemenea, comun, dar acum doar Catrina mai are vacă.

— Auzi? mi-a strigat Țucu din bucătărie, cu gura plină.

Eram la baie, îi răzuiam talpa pantofilor cu o lamă veche de cuțit.

— Aud, sigur că aud!
— Dar ce faci acolo?
— Îți rîneam umblătorii...
— Am adus de la stînă un cașșș...
— De la oile noastre?
— Ești culmea! De unde oi? Noi avem un animal cu blană, dar ăla latră, nu dă lapte...
— Cum ai putut veni cu papucii ăștia pe autobuz?
— Lasă papucii, știi ce mă gîndeam? Ce-ar fi să-i trimitem lui Alin...
— Alain!
— ...lui Alin al nostru niște caș d-ăsta? Cre' că n-au gustat canadienii așa ceva de cînd i-a inventat Dumnezeu. Să-i facem o surpriză, zic.
— Să nu uiți să pui și niște unt de la nea Pardon!... Tu nu ești sănătos, crezi că ține cașul tocma' pînă-n Canada?
— Da-l punem la sare, tu!
— Numai brînză pe avion n-am mai trimis, în rest pe toate le-am făcut în viața asta...
— Ar fi bun și pentru Alice, e sănătos cașul la gravide.
— Alice ia vitamine, ia alte chestii...
— Ziceam și eu așa, că...
— Lasă, nu mai zi.
— Măcar vino să-l guști! Crăpi mîncînd...

Masa din bucătărie era ocupată în întregime. Mere mari și frumoase, o pungă cu castraveți, una cu prune, una cu ceapă, vreo douăzeci de ouă, legături de verdețuri...
— Ce mi-ai înșirat astea toate aici, nu știi unde e locul lor? l-am întrebat eu, ca să-l tachinez.

— Păăi, să vezi și tu...

— Văd. Mere, castraveți, prune...

— Să te convingi că măcar biletele de autobuz mi le scot.

— Eu mă gîndeam că ai trecut pe la piață înainte...

— Gură spurcată!

— Văd că s-au făcut castraveții, nu glumă.

— Nu-i așa că-s frumoși?

— Ouăle-s tot de la țară sau ai trecut pe la Avicola?

— Totu-i de la țară, tot ce vezi aici.

— Phii, ce mere frumoase! S-au făcut la tine așa niște mere?

— Dacă-ți spun că toate-s de la țară...

— Eu mă gîndeam c-or fi de pe la vecini, că la tine-s cît nucile...

— Catrina! A trecut Catrina pe-aici! O să-i sucesc gîtul într-o zi, dacă mai clămpăne.

Țucu îndoia o bucată de sîrmă. Ceva nu-i ieșea la socoteală. Mormăia nemulțumit. Eu mă gîndeam la Alice.

— Ce faci acolo? l-am întrebat.

— Obosesc o sîrmă...

— Tu știi că duminică sînt alegeri?

— A ajuns vestea și la țară... Al lui Bolohan dădea bere gratis pe imaș. Dintr-un camion.

— Și?

— Am luat și eu una...

— Aha, și cu cine votezi?

— Da' de ce trebuie să votez?

— Păi, i-ai băut berea degeaba?

— Păi, liberalii dădeau pixuri și am luat și eu unul...

— Să nu te prind că-l aduci pe-acasă.

— Stai liniștită, că l-am și pierdut... Chestia e că, oricum aș da-o, cu pixul sau cu berea, una tot mi-a dat-o degeaba...

— Eu vorbesc serios și tu...

— Ufff, n-am nici un chef să vorbesc serios... Uite ce sîrmă afurisită!

— Hai, zi, cu cine votezi?

— Păăăi... poate cu ecologiștii...

— Care-s ăștia?

— Cu natura, cu aerul curat...

— Și ei ce promit?

— Păăăi... fir-ai tu să fii de sîrmă!... Păăăi, că scot mașinile de pe șosea, că poluează, și la legume, la astea, bagă numai îngrășămînt natural, salut chimicale...

— Și cum poți vota cu ei? Nu ești sănătos, zău!

— Păi, mă duc cu calul la țară, clop-clop, pe asfalt, nu-i frumos? Nu tu mașini, nu tu autobuze... Aer curat... Sport și sănătate!

— Du-te de-aici! Numai de miștouri ești bun. Eu vorbeam serios.

— Aaa-șa, uite c-am rupt-o!... Serios? Păi, dacă-i pe cinstite, oricare ar veni, tot fură. Că fură unii sau alții, pentru mine tot aia-i.

— Chiar așa, toți sînt niște hoți?

— Normal. Dacă ar fi oameni cinstiți, ar sta acasă, nu s-ar băga în politică... Da' uite că mi-am amintit, nici n-ai gustat cașul ăla...

— Baaa, cum nu!

— Ei, șiii?

— E un pic acrișor sau mi s-a părut?
— Fugi de-aici. Acrișoară ești tu!

Cum stăteam și curățam o ceapă, mi-a venit o idee care mi-a aprins toate beculețele: în loc să oftez și să mă plîngăcesc, mai bine făceam ceva ca să reînvii trecutul. Poate nu chiar la fel, dar ceva pe-aproape. O fabrică era greu de pus pe picioare, dar un atelier ca al nostru nu mi se părea imposibil. Mintea a intrat pe turație maximă. De emoție, am început să transpir. Eram noi bătrîni, dar încă mai puteam lucra. Eu mă simțeam chiar în formă. Am fi putut aduce și cîțiva tineri, pe care să-i învățăm meserie. Șefu' ar fi putut aduce comenzi. Oo, da, sigur s-ar descurca. Am putea lucra pentru export. Ce, nu mai e nevoie nicăieri în lumea asta largă de cutii de scule? Dar de colțare? Doar confecțiile metalice n-au murit cu totul. Am fi putut lucra pentru roșcovanii de englezi, ca pe vremuri, de ce nu? Ori chiar pentru Canada. Sigur canadienii foloseau și ei chestii de metal, doar și ei sînt oameni. Phiii, da, sigur că da! Alain ne putea ajuta. Iar dacă treaba mergea bine, chiar ar lăsa nenorocita aia de bancă și s-ar ocupa de produsele noastre. Chiar și Alice ar fi putut intra cumva în toată combinația asta. Să facem un atelier strașnic, să rîdem și să ne distrăm ca pe vremuri. Să facem din nou concedii și să avem din nou tot ce ne poftește inima. Eram tot mai entuziastă, nu-mi mai găseam locul. Atelierul l-am fi putut face nu neapărat într-o fabrică, era suficientă o curte undeva. Poate chiar la Sanda, că și așa se mutase la casă. Sanda n-avea nici un motiv să se opună, ba chiar ar trebui să fie mîndră. Ar fi putut veni și nea Mitu, chiar dacă probabil nu mai muncea ca pe vremuri, dar măcar însuflețea atmosfera. Altfel muncești cînd ești binedispus. Numai pe Dragoș, idiotul de Dragoș, nu l-aș fi chemat înapoi. Așa, să moară de ciudă! Rezolvasem pînă și problema mașinilor. Găseam niște mașini vechi, date la casare, pe care un mecanic priceput le punea din nou în funcțiune. Mai ales că la casare nu de puține ori se dăduseră utilaje încă bune, știam sigur asta. Parcă vedeam cu ochii cum viața o ia de la capăt. În curtea Sandei, urma să fie ridicată o hală. La început poate una modestă, dar după prima comandă pentru export ea putea fi mărită. Da, locul era destul de mare, se putea face și un depozit pentru produsele finite. Lucrurile se legau, iar eu eram tot mai încîntată. Aurelia, nea Ariton, nea Culidiuc, Sorin și toți ceilalți s-ar fi întors acasă, n-ar mai fi muncit în străini. Acasă la atelierul lor. Desigur, șefu' rămînea șef, chiar dacă ideea era a mea. Asta din respect pentru tot ce făcuse cîndva. Dar și pentru faptul că se pricepea să facă rost de tablă de la Galați și să aducă comenzi. Poate că la început salariile n-ar fi așa de mari, mă gîndeam eu, dar ele urmau să crească. Merita efortul. Merita chiar să se muncească o perioadă gratis, dacă era nevoie, căci apoi se putea recupera cu vîrf și îndesat. Puteam umple lumea cu cutii de scule și colțare, din Rusia în Zimbabwe, din Bulgaria în China sau în Statele Unite. La chestia asta șefu', doar șefu' se putea descurca.

Prinsă de avînt, am sunat-o pe Sanda. Era destul de tîrziu, dar nu se culcase. M-am hotărît să nu-i dezvălui planul, marele meu plan de reînviere a trecutului, ci doar să-i spun că vreau să-i fac o vizită. M-a întrebat dacă-i ceva grav și am asigurat-o că nu. Probabil ghicise ceva în vocea mea. Am rugat-o să o cheme și pe Aurelia dacă poate, să stăm și noi așa, ca fetele, la o bîrfă. Ca pe vremuri. A rămas pe vineri după-amiază.

17

Tudor a adormit în camera lui. Cu buzișoara de jos încălecată peste cea de deasupra, are un aer comic, de omuleț nemulțumit. Fîsîie regulat, cu mînuțele aruncate în lături, iar un picioruș se sprijină fix pe capul unei maimuțe de pluș. Toți copiii din sat adunați la un loc nu au atîtea jucării cîte are el. În una din cupele lustrei cu patru brațe îndoite spre tavan stă o girafă cu capul aplecat înăuntru. Bea apă. Un crocodil de plastic a căzut pe spate, nu se poate răsuci și o să moară de foame. Unui tractoraș i-a căzut un picior, cum spune Tudor, și trebuie dus la doctor. Un pitic își face siesta într-o cratiță. Uneori, lucrurile celor mari sînt mai apetisante decît jucăriile, așa că Tudor le cară, pe neștiute, la el în cameră. Un polonic care dispăruse de o săptămînă a fost găsit în cele din urmă la el sub pat. Altă dată, sub saltea a adăpostit două linguri. Stau și mă uit la el, mi-e tare drag. După el îmi va părea rău. Cîteva raze pătrund prin colțul ferestrei. Mă joc, gînditoare, cu o mașină de pompieri. Ce frumos ar fi fost să aibă și păpuși! Chiar și fără, ne jucaserăm adesea împreună. Casa e liniștită. Locuiesc de aproape un an la nenea Andrei și la tanti Lucreția. Am învățat lucrurile pe de rost. Mi-am dat toată silința să le fiu de folos. Mă salvaseră și le eram recunoscătoare.

Oftez.

Îmi fac curaj. Hai, dă-i drumul, îmi spun.

Mă ridic și ies pe vîrfuri din camera copilului. Ei sînt la serviciu. Din dulap, încep să-mi scot lucrurile. Nu sînt prea multe și nici prea grozave, dar sînt singurele pe care le am. Pe unele dintre ele mi le-a dăruit chiar tanti Lucreția. Fie nu-i mai veneau, fie nu-i mai plăceau. Acelea sînt cele mai frumoase. Oare să le iau? Două fuste, două rochii, o pereche de sandale și una de pantofi, trei cămăși... Le scot, le împăturesc cu grijă și le pun într-o sacoșă de rafie. Sigur se vor șifona. Bluza dantelată, puloverul, fusta și cureaua lată sînt de la tanti Lucreția. Le pun cînd în sacoșă, cînd înapoi în dulap. La baie, periuța și pasta de dinți. Aici, la ei, mă deprinsesem cu ele. N-aveam nici un prosop mare și pufos, doar unul mic. Mă trezesc apoi făcînd turul camerelor. Nu, ochii nu caută lucruri de-ale mele risipite prin casă, ci își iau la revedere. Canapelele catifelate, covoarele moi, curățate de mine de-atîtea ori, aragazul cu patru ochiuri, lambriurile din hol... simt că de toate astea îmi va fi dor. Ca și de gălăgia lui Tudor sau de orele tihnite, atît de plăcute într-o casă mare și bine aerisită. Tare aș rămîne! Dar cum să mai dau nas în nas zilnic cu nenea Andrei? Cum să mă mai uit în ochii lui tanti Lucreția? În momentele de slăbiciune sînt gata să-mi pun hainele înapoi în dulap, dar știu foarte bine că, de rușine, peste cîteva zile o iau de la capăt.

Nu, nu pot să-l las pe Tudor dormind și să plec. Îmi duc sacoșa la ușă și mă pun pe așteptat.

Sînt decisă. Cîteva săptămîni puteam sta la Corina, colega mea, iar apoi la un cămin. Dacă nu, la gazdă. Dacă tot nu am ce face, aranjez hainele în cuier. Apoi îndrept un colț de perdea și pun vasele uscate în dulăpior. Aud cheia în ușă. Îmi zvîcnește inima. Încă mai am timp să renunț. Mai am la dispoziție o secundă. Nu, trebuie să plec! Cine e? Tanti Lucreția. O cunosc după felul cum deschide ușa. Cu grijă, că poate doarme Tudor. Nenea Andrei niciodată nu se gîndește la asta. Mă îndrept spre hol. Ușa mi-a răsturnat sacoșa, iar hainele mi s-au împrăștiat. Îmi arde fața. N-o las să spună nimic, încep eu prima.

— Îs ale mele, tanti. Eu plec.

Tanti Lucreția e îmbrăcată cochet. Chiar și de cînd cu munca la magazie, tot are grijă de ea. Poate că unghiile sînt puțin mai scurte, iar oja sare mai des.

— Unde pleci, fată, la curățătorie?

— Nu, plec.

— Am înțeles, dar unde, cu bulendrele după tine?

— La Corina, la o colegă...

— Du-te, fată, să vă distrați și voi... Și cînd vii înapoi?

— Nu mai vin...

— Cum așa? S-a întîmplat ceva?

— Nu, dar nu mai vin...

— Nu se poate să pleci așa hodoronc-tronc, ceva trebuie să fie...

— Nu vreau să vă mai deranjez.

— Vezi-ți de treabă, fată, nu deranjezi pe nimeni!

— Și-așa am stat prea mult pe capul vostru...

— Ce vorbe-s astea? Te-a certat Andrei?

— Aaaa, nu! Dar mă gîndesc și eu așa...

— Hai, gata cu mofturile. Du bulendrele înapoi... Dacă vrei să pleci într-o vizită, asta e altceva.

Mă așez stingheră pe un colț de canapea, cu sacoșa în brațe.

Tanti Lucreția vine protectoare lîngă mine.

Cum să-i spun că am văzut-o sărutîndu-se cu un străin și că nu mai pot sta în casa asta?

18

Cică într-o zi Ceaușescu, Marele Bărbat, s-a trezit cătrănit rău. Dar rău de tot, bre omule, nu așa. Ședea încruntat și mormăia bîlbîit. Îl cam dureau șalele și visase nasol. Leana, cu părul vîlvoi și în cămașă de noapte, mînca semințe și scuipa cojile elegant în pumn. La radio, o tovarășă vorbea despre rolul simțului civic în dezvoltarea democrației socialiste în societatea socialistă multilateral dezvoltată și în înaintarea României spre noi culmi de cultură și civilizație pe drumul luminos spre comunism.

— Ce-i cu tine, Nicule, ce ai? Ce-i cu fața asta de ședință de partid? întreabă Leana, tovarășa de muncă și viață a Marelui Bărbat.

— Mdeh, și eu ca omul... face el, scărpinîndu-se mai jos de pîntece.

Acu' doamnele să mă scuze, da' li se mai întîmplă și Marilor Bărbați, nu numai nouă, ăstora, pîrliții.

— Grijile țării? zice Leana, dînd radioul mai încet.

— Nț!

— Nesuferitul de Gorbaciov?

— Nț!

— Te-a supărat ăla mic? Că acu-i mănînc urechile...

— Nici.

— Hai, zi, nu mă mai fierbe! face Savanta, scuipînd cojile pe jos de nerăbdare.

— Dacă-mi dai și mie niște semințe, îți spun!

— Iete-te, repede la semincioare... Ce nu-ți faci rost? Astea e ale mele.

— Hai, Lenuș, nu fi calică!

— Nici o Lenuș!

— Iepuraaaș....

— Nici un iepuraș!

— Țigăncușăăăă....

— Auzi, știi ce, ești nesimțit. N-ai cherestea, zău! zice Leana, atinsă la origine.

— Ei, hai, Lenuș, chiar nu știi de glumă? zice Ceașcă, s-o îmbuneze.

— Aaaa, am uitat, se plesnește ea peste frunte de tremură paharele în vitrină, eu deja eram supărată pe tine de două zile...

— Păi, cum așa, tovarășa?

— Păi, da! Că mă duci cu vorba. Mi-ai promis cizme de crocodil de ă-hăăă, și ciuciu.

— Băăăi, că bine zici, își amintește Marele Cîrmaci. După-amiază tragem o fugă în Egipt și se rezolvă, nici o problemă.

— Pe cuvîntul tău?

— Pe cuvîntul meu de pionier!

— Ne-ne-ne, șmechere! Care pionier?

— Să moară mama, de nu!

— Așa, da, mai vii de-acasă! De care semințe vrea domnul, de dovleac sau de floarea-soarelui? Avem pe-alese, tovarășe. S-a făcut producția anul ăsta, slavă Domnului!

Se aud bătăi în ușă și Marele Bărbat își trage repede nădragii. Stofă ca lumea, englezească, nu salopetă de asta ca a noastră, a pîrliților. Se luaseră cu pălăvrăgeala și trecuse vremea pe nesimțite. Leana ascunde repejor semințele sub pătură și își dă cu mîinile rășchirate prin păr. Frumoasă de-ți vine să te ascunzi. Oleacă mai răsărită ca Muma-Pădurii.

— Care ești acolo, bă? Bobule, tu ești? strigă el.

— Nu, tovarășe Președinte. Sînt eu, generalul Avramescu, răspunde ăla prin ușă.

— Și care-i baiul?

— Vă așteptăm la ședința Consiliului de strategie pe termen mediu și lung, tovarășe Comandant Suprem al Forțelor Armate.

— Așteptați, bă, că de asta luați bani cu găleata!

— Am înțeles, să trăiți!

— Că bine i-ai mai spus-o, bărbate! face Leana și dă radioul mai tare.

Acu' era partea care îi plăcea ei cel mai mult, cînd intervin ascultătorii. Ei tre' să povestească ce fapte civice au făcut în ultima vreme. Leana-i cu urechile cît castroanele. Prin telefon, o tovarășă se mărturisește:

— Sînt un om al muncii și locuiesc în Craiova...

— Auzi, Nicule, o olteancă de-a ta! Hai să vedem ce spune, dragă, îi strigă Leana.

— Zilele trecute mă aflam în București să rezolv o problemă personală. În zona hotelului Intercontinental, am găsit un portmoneu...

— Așa, și? întreabă tovarășa de la radio.

— Bineînțeles, l-am ridicat și m-am uitat înăuntru. Acolo se găsea suma de cinci mii de lei și două mii de dolari...

— Băftoasă, olteanca! exclamă Leana. Eu n-am găsit un capăt de ață în viața mea.

— Din actele de identitate, rezultă că proprietarul se numește Anton Cărășel și locuiește în București pe strada Izvoarelor, nr. 46, bl. A6, sc. C, ap. 3, parter...

— Așa, și? Ce ați dori să faceți în acest caz?

— Păi... păi, aș dori tare mult să-i dedic o melodie frumoasă tovarășului Cărășel...

— Auzi, Nicule? Tu niciodată nu mi-ai dedicat o melodie..., zice ea tristă.

Da' nea Nicu n-avea el timp de ars gazul, că-l așteptau oamenii ăia, generalii. Așa că o îndeamnă pe Leana să-și arunce niște țoale pe ea, să nu umble ca paparuda. Cînd să iasă, generalul Avramescu la ușă. Cică după ședință trebuia neapărat ca tovarășul Comandant Suprem să stea de vorbă cu un jurnalist occidental, că umbla ăsta de-o săptămînă după el cu limba scoasă. Dar n-apucă Marele Bărbat să spună nimic, că tovarășa de muncă și viață, cu capsa pusă, îl și repede pe cel cu epoleți:

— Tovarășe general, o problemă de maximă urgență ne cheamă în Egipt. Rămîneți pe poziții și așteptați noi ordine.

După ce generalul iese cu coada între picioare, Leana zice bosumflată:

— Băi, Nicule, a ajuns toate curvele să aibă cizme de crocodil, numai eu nu. Zi și tu!

Ce să mai zică Marele Bărbat? S-au urcat într-un avion și dă-i întins spre Egipt. Pe drum, Leana era deja mai veselă. A scos din poșetă un pumn de semințe și a început să ronțăie cu spor. A rupt două pagini din *Capitalul* lui Marx, care era acolo, la îndemînă, lectură de agrement, și a făcut la marele fix două cornete.

— Uite-așa se face cornetele, tovarășe, artă și meserie. E ca mersul pe bicicletă, nu se uită niciodată!

Într-unul a pus semințe de dovleac, iar în celălalt de floarea-soarelui și i le-a oferit:

— Ia de-aci, că acușica se termină!

Dar Marele Bărbat n-avea chef de ronțăit. El era gînditor. Visul de peste noapte îl neliniștea. Un vis nerod și tocmai de aceea mai tulburător. Așa că i l-a povestit și Savantei. Se făcea că el era în munții patriei la vînătoare. Era soare, frumos, dar vînat canci. Și, cum mergea el așa, ca belferul, pe la umbra răcoroasă a brazilor, apare un bărbos, înconjurat de o ceată de nespălați. Puțeau de nu era urmă de țînțar prin preajmă. Și l-au legat nespălații ăia fedeleș și l-au dus într-o peșteră luminată cu făclii, cum a văzut el mai demult într-un film. Acolo ei s-au pus la halit friptane și la băut vinuri, iar lui îi aruncau numai oasele. După ce s-au ghiftuit cum scrie la carte, a venit unul care l-a dezlegat și l-a înghinotit pînă în fața bărbosului. Ăsta îi zice:

— Eu sînt Burebista, tu cine ești, străine?

— Eu sînt Ceaușescu. Nicolae Ceaușescu.

Nespălații încep să rîdă porcește.

— Tu, străine, ești cel căruia i se spune Geniul Carpaților?

— Eu sînt, Burebista!

Nespălații se țin cu mîna de burtă. Se tăvălesc pe jos de rîs.

— Sigur?

— Sigur!

— Atunci, dacă tu ești Geniul Carpaților, eu sînt Scufița Roșie! zice bărbosul.

Și totul se prăbușește, în hohotele nespălaților.

Dintre toate, cel mai mult îl supăra pe Ceașcă chestia cu Scufița Roșie. Măcar de-i spunea „Nu te cred“ sau „Hai să ne luptăm vitejește“, ar mai fi înțeles, dar așa...

— Io zic că ești descîntat, spune Savanta. Te duc eu la o babă să-ți dea cărbuni stinși în apă neîncepută și-o să dormi ca pruncul. Numai trandafiri o să visezi...

— Și face și pentru șale?

— Și pentru amigdalite, dacă vrei...

— Da' tu, Lenuș, așa, între noi... Vorba aia, ești nevastă-mea... Tu ce crezi? Sînt eu Geniul Carpaților sau nu?

— Păi...

— Da' cinstit! Te rog eu frumos...

— Păi, de ce nu, Nicule? Ce defect ai? Doar nu ești mai prost ca alții...

Și-au ațipit amîndoi fericiți.

Cînd se trezesc, Leana, uitîndu-se pe geam, se minunează:

— Pfiiii! Nicule, ia te uite ce rîuri frumoase are patria noastră...

— Alea-s șoselele, Lenuș.

— Ba-s rîuri!

— Ba șosele!

— Rîuri!

— Șosele!

— Rîuri!

— Șosele!

— Eu zic să-l întrebăm pe pilot, zice Leana. Tovarășe căpitan, ce e pamblicile alea șerpuitoare care se vede acolo jos?

— Permiteți să raportez, sînt cozile la alimente, tovarășa!

— Ei, vezi că n-ai avut dreptate? se bucură nea Nicu.

— Da' nici tu!

— Sîntem chit!

Cum au ajuns în Egipt, s-au apucat de căutat cizme de crocodil. Trece o zi, trec două, trec trei. Nimic. Generalii, cu decorațiile cît tălăngile de la oi, stăteau și îl așteptau în sala de ședințe. Avramescu nu mai rezistă și îl sună pe pilot:

— Tovarășe căpitan, ce se întîmplă acolo?

— Tovarășe general, permiteți să raportez. Totul e sub control, dar nu pot spune cînd ne întoarcem. În fiecare zi, Tovarășul și Tovarășa merg la un rîu care se numește Nil – Nicolae, Ion, Liviu. Tovarășul se dezbracă la chiloți și se bagă în apă, iar Tovarășa rămîne pe mal în deplină siguranță. Tovarășul prinde crocodili, îi ridică deasupra capului și întreabă: „Leană, ăștia au?". „N-au, Nicule!", răspunde Tovarășa. Și așa de trei zile.

— Bine, tovarășe căpitan! Acum faceți următoarele. Mergeți la primul magazin de marochinărie, cumpărați o pereche de cizme din piele de crocodil mărimea 39, pe care le lăsați pe mal în locul în care merg tovarășii. Nu uitați să scrieți și un bilet cu: „Din partea poporului egiptean prieten". 'Nțeles?

— Am înțeles, să trăiți!

A patra zi, Leana și Nicu s-au întors fericiți. Un adevărat chilipir, ce mai! Nu se așteptaseră la o așa primire din partea poporului egiptean. Se gîndeau chiar să facă o vizită oficială de mulțumire. Totuși, Marele Bărbat nu era pe deplin liniștit.

Încă îl mai frămînta visul acela nerod. Așa că îl cheamă pe Avramescu și-i spune:

— Tovarășe general, biroul ăsta... biroul ăsta al meu e cam gol. Aș vrea să pun un tablou acolo... Caută-mi un pictor bun... de încredere. Poate Sabin Bălașa... Aș vrea să-mi facă ceva special... ceva deosebit... Mă gîndesc... mă gîndesc la un Burebista deghizat în Scufița Roșie...

Asta-i, bre omule!

Și-am încălecat pe-o șa și v-am spus povestea așa. Cin' nu crede să n-asculte.

Mare figură nea Mitu!

19

La zece punct, jurnalistul a fost la ușă. Prietenul lui Cătălin. Arăta ca un copil, nu cred că avea mai mult de douăzeci de ani. Cu părul lung, prins în coadă, parcă era o fată. În dreptul genunchilor, blugii aveau cîte o tăietură cu marginile destrămate. Într-o ureche purta un cercel. Carevasăzică cu de ăștia umblă Cătălin, mi-am spus eu. Pe vremea lui Ceaușescu i-ar fi tuns în doi timpi și trei mișcări, să arate și ei ca oamenii. Acum nu mai știai care e fată și care băiat.

L-am invitat în sufragerie. Pregătisem o cafea.

— Bănuiesc că ai venit să vezi o babă comunistă... Cine știe ce grozăvii ți-o fi spus despre mine nepotă-miu...

A rîs. Și-a scos un carnet, un pix și aparatul de înregistrat.

— Într-o zi o să mă împăieze și o să mă ducă la muzeu...

Lucra la un săptămînal și voia să știe ce motive au oamenii să regrete comunismul. M-a rugat să-i povestesc cazul meu.

— „Boierii“, așa ne spuneau toți, am început eu să-i spun despre viața de la atelier, al doilea loc de muncă, cel pe care l-am regretat mereu.

La început a mers mai greu, fiindcă aparatul în care se învîrtea caseta îmi dădea amețeli. Apoi am început să privesc în altă parte și a fost mult mai bine. Pînă la urmă am uitat de aparat și i-am depănat, cu oftaturi, tot felul de amintiri. I-am vorbit mult despre viața din atelierul nostru, despre șefu', despre salarii, echipă și veselie. I-am arătat și fotografii. Pe una dintre ele, în care eu stăteam cu o mînă pe mașina de presat și cu cealaltă în șold, a luat-o pentru ziar. L-am amenințat că, dacă nu mi-o aduce înapoi, fac scandal la șeful lui pînă îl tunde zero. A rîs. Țucu a băgat capul pe ușă, ispitindu-l cu niște caș și roșii, dar a făcut semn că nu vrea. Nu era prea vorbăreț. Eu crezusem că jurnaliștii sînt niște gură-spartă. M-a întrebat ce fel de muzică ascultam pe vremea aceea. I-am spus că în principal populară, dar că nu eram niște încuiați, ascultam și Marius Țeicu, Angela Similea sau Corina Chiriac. A zîmbit și s-a interesat de interpreți sau formații străine. Aici nu eram prea tare. Totuși, mi-am scormonit creierul și am descoperit două nume, Toto Cutugno și Julio Iglesias, deși, sinceră să fiu, eu nu mă dădeam în vînt după ei. Aaa, și m-a mai întrebat cine fuseseră Bobu și Postelnicu. M-am și mirat că nu știa.

La plecare, nu m-am putut abține și l-am întrebat cîți ani are.

— Păi, la revoluție aveam zece ani!

Nu prinsese manualele școlare cu fotografia lui Ceaușescu pe prima pagină. Poza aia, în care i se vede numai o ureche.

După-amiază, nu știu ce mi-a venit, m-am gîndit să-i fac o vizită doamnei Rozalia. Am sunat-o și mi-a spus că mă poate primi. E ciudată doamna Rozalia. La ea nu te poți duce ca la orice vecin, să suni la ușă și să vorbești ce ai de vorbit. Nu, la ea întotdeauna trebuie să dai un telefon înainte. Dacă ai rămas fără piper și te gîndești că ea te-ar putea împrumuta, mai întîi te conversezi la telefon. Deși locuim de peste douăzeci de ani pe aceeași scară, tot cu „dumneavoastră“ ne adresăm. Cu toată lumea se poartă așa, nu numai cu mine, să zic că nu mă are la inimă. E croitoreasă de meserie și, pe vremuri, cînd banii nu erau o problemă, îmi coseam adesea la ea. Acum e în vîrstă și încearcă de cinci ori pînă nimerește ața în ac. Nu mai lucrează decît chestii mărunte, trage un tiv sau scurtează o fustă. Cred că are cu vreo șapte sau opt ani mai mult decît mine. A fost și profesoară de desen într-o vreme, suplinitoare într-un sat apropiat. S-a lăsat din cauza navetei. Deși soțul ei era agronom, fiindcă făcea mai mult muncă de birou, se descurcau destul de greu cu aprovizionarea. De aceea îi mai aduceam eu una-alta. Am stat de multe ori și m-am întrebat de ce ea, care era o croitoreasă nu doar pricepută, ci și cu idei, care avea o clientelă de nu-ți venea să crezi cine intră în blocul nostru, de ce ea se descurca așa greu cu mîncarea. Bani sigur avea, dar de ce nu știa să se descurce? De la neveste de prim-secretari și pînă la doctorițe sau vînzătoare la magazinul central, toate îi călcau pragul, dar ea nu avea un pachet de unt în frigider. Țucu a zis că din delicatețe. Fiindcă e prea rușinoasă să aducă vorba de alimente. E posibil să fi fost asta. Adevărul este că întotdeauna a avut un aer... nu știu cum să spun... foarte special. Cînd îi aduceam două batoane de salam și un pachet de cafea naturală, în loc să se bucure, se uita jenată la mine. Știam că are nevoie, că se vedea. Și doar îmi plătea sau, mă rog, îmi lucra ceva în contul alimentelor, nu-i dădeam ca unui cerșetor. M-am prins că nu se simte în apele ei, așa că nu i le mai dădeam în mînă, ci i le lăsam într-o sacoșă lîngă canapea. Chiar de cum am zărit-o prima dată, mi-am spus că doamna Rozalia este alt fel de orășeancă decît tanti Lucreția. Zîmbea altfel, parcă mai blînd. Mergea discretă ca o pisică, nu-i auzeai niciodată tocurile țăcănind. Purta un coc minion la spate. M-am uitat, bineînțeles, și la unghii. Folosea o ojă palidă. Niciodată roșu. Mi-a plăcut de ea, deși niciodată n-am vorbit altceva decît despre culori, croieli și pliuri. Ba, ca să nu mint, mai vorbeam despre Alice. O interesa mereu ce face fetița. Cînd a intrat la facultate, m-a felicitat, cu un zîmbet foarte călduros. Cînd voiam să-mi cos ceva la ea, dura o grămadă pînă alegeam modelul. Nu era ca alte croitorese, ce voiai, aia-ți făcea. Nu, cu ea trebuia să discuți, să răsfoiești reviste nemțești sau franțuzești, să-i spui exact pentru ce fel de ocazie te pregăteai, să pritocești toate detaliile. Adesea plecam comandînd altceva decît ce-mi propusesem. Dar nu forța. Îți zîmbea blajin și îți vorbea aproape în șoaptă, de parcă în camera alăturată ar fi dormit cineva. Și pot spune că niciodată n-am fost dezamăgită.

Apartamentul nu se schimbase prea mult. Nu mai călcasem de cîțiva ani pe la ea, dar era aceeași curățenie și simplitate. Nu scosese cele două picturi de pe hol, pe care, după cum mi-a spus cîndva, le făcuse pe cînd era adolescentă. În treacăt, am aruncat un ochi în camera care servea de atelier. Mașina de cusut avea capacul pus, iar bucățile de material care altădată erau împrăștiate peste tot dispăruseră. Acum camera semăna cu toate celelalte. Pe vremuri, era ciudată diferența dintre ordinea din restul casei și învălmășeala din atelier. În sufragerie, aceeași perdea de ață în două părți. Pe mobilă, cîteva sfeșnice de alamă și un ceas de lemn, vechi. Nici urmă de bibelouri. Ceea ce făcea mîndria mea și a colegilor mei de serviciu, bibelourile de diferite mărimi, cumva semn al bogăției, nu-și găsise niciodată locul în casa doamnei Rozalia. Nu că n-ar fi avut bani. Chiar eu i-am făcut cadou cîndva unul chinezesc, un bătrîn ce se sprijină în toiag, pe care nu l-am văzut niciodată așezat nicăieri. Nu m-am supărat. Știam că niciodată nu puteai fi sigur cum reacționează doamna Rozalia. Pentru mine a fost întotdeauna imprevizibilă.

Pe măsuța dintre fotolii, aștepta o tavă cu două farfurioare cu dulceață și două pahare cu apă rece. Aceeași tavă, aceleași farfurioare, aceleași lingurițe ca pe vremuri, de parcă timpul stătuse în loc. Doamna Rozalia era în pulover și pantaloni, cu părul bine strîns în coc. Zîmbea liniștită. La telefon mă avertizase că nu mai lucrează, așa că probabil aștepta să vadă scopul vizitei. Dar nici mie nu mi-era prea clar. Prin urmare, discuția lîncezea. Cumva, aș fi vrut să știu ce gîndește despre comunism, cum vede ea lucrurile. Poate, dacă ar fi trăit tanti Lucreția, aș fi simțit nevoia să vorbesc cu ea, dar așa, doamna Rozalia era cea care îi semăna cel mai mult. Cu toate că, în același timp, erau atît de diferite. Tanti Lucreția s-a stins cu cîțiva ani înainte de revoluție. Poate venisem aici și pentru că doamna Rozalia ținea atît de mult – în felul ei, distant – la Alice. Așa că m-am apucat să-i povestesc despre ea. La vestea că „fetița“ va avea un copil, doamna Rozalia s-a îmbujorat.

— Doamne, ce trece timpul..., a murmurat ea.

Atmosfera s-a mai destins. Era tare plăcut felul de a asculta cu răbdare și de a răspunde șoptit. În cele din urmă, i-am mărturisit despre discuția pe care o avusesem cu Alice, despre neînțelegerea dintre noi. Doamna Rozalia a fost numai ochi și urechi. A zîmbit puțin stînjenită și mi-a zis mult mai direct decît mă așteptam:

— Dragă doamnă, îmi pare rău, dar eu cred că fetița are dreptate.

Atunci am întrebat-o și eu la fel de direct:

— Doamna Rozalia, dacă nu vă deranjează, cu cine o să votați?

— Nu mă deranjează absolut deloc, cu liberalii!

Am tresărit. Mult mai vizibil decît aș fi vrut eu. Mă luase total pe nepregătite. Pentru mine, liberalii erau ceea ce putea fi mai rău. Voiau să ia toate fabricile de stat și să le dea către particulari, adică să le fure. Ba chiar vînturau și ideea ca vechile întreprinderi să le fie vîndute pe un dolar unor străini, care, chipurile, să investească în ele și să le facă rentabile. Parcă vedeam comisioanele străinilor curgînd în buzunarele liberalilor.

— Cum așa? am îngăimat eu.

Doamna Rozalia a zîmbit liniștitor.

— Știu că... în fine... dumneavoastră aveți alte opțiuni... Dar, dacă aveți răbdare să mă ascultați, o să vă povestesc și eu ceva.

20

E vineri seara și o aștept pe Sanda la autobuz. Mi-a trimis vorbă prin cineva din sat, încă de săptămîna trecută, că vine să mă vadă. Probabil că îi bătuse la cap pe ai noștri pînă o lăsaseră. Cine știe ce le-o fi promis în schimb! Autobuzele sînt rare și în autogară e forfotă. Băncile sînt ocupate, așa că fac ture. Oamenii stau cu gențile între picioare, de parcă le-ar fi în permanență frică de hoți. Casc gura la mersul autobuzelor și mă minunez ce nume de localități pot să existe. Mă gîndesc că sînt sute de sate pe lumea asta, nu numai al nostru. Dar, pînă nu vezi așa, o listă cu ele, nu-ți dai seama. Poți sta la tine în sat toată viața fără să cunoști decît ceea ce e în jur. Gînduri aiurea! Într-un nor de praf, autobuzul sosește. E o rablă care zdrăngăne din toate încheieturile și care miroase a motorină, știu bine. Un gînd năstrușnic îmi dă tîrcoale. Mă ascund după un colț și privesc cum coboară călătorii, transpirați și cu tăgîrțe. În ușă apare și capul Sandei. Are un batic alb cu buline albastre. N-o fi murit de cald? Stă în fața autobuzului, neclintită, cu o sacoșă în mînă. Las-o jos, îi spun eu în gînd. Oamenii se risipesc încetul cu încetul. Un băiat din sat trece pe lîngă mine și îmi spune:

— Vezi că soră-ta e acolo!

— Știu, îi răspund, mustăcind.

Sanda îl întreabă pe un domn în vîrstă cît e ceasul. Înalță capul și scotocește cu ochii prin preajmă. Șoferul se șterge cu o cîrpă pe mîini și îi spune ceva, rîzînd, dar ea nu pare prea amuzată. Mută plasa dintr-o mînă în alta, dar nici n-o pune jos. S-a îmbujorat. Întreabă din nou cît e ceasul. Întinde mereu gîtul. Autobuzul dă puțin înapoi, întoarce și o îmbracă pe Sanda într-un vălătuc negru de fum. Se îndepărtează doi pași, dar nu prea mult, de parcă i-e frică să nu se piardă. Dacă îmi amintesc bine, ea nu mai fusese decît de două ori la oraș: o dată la spital, cu salvarea, și o dată la nenea Andrei și la tanti Lucreția, cu tata. Pare o găină speriată. Îmi fac apariția pînă să înceapă a boci. Mă vede. Îi citesc bucuria în ochi.

— Doamne, ce m-am speriat! Credeam că Sandu nu ți-a transmis nimic... sau că ai uitat...

Ne îmbrățișăm.

— Ba a fost pe la mine... și i-am zis să-ți transmită că te aștept după colț...

Încep a rîde.

— Mincinoaso! zice ea, gata să se supere.

— Să vezi și tu cum e cu orașul... Ăsta a fost botezul.

Mergem spre cămin, în zona industrială. Sanda încă e îmbufnată, nu i-a picat bine gluma mea. Cică, gata, mă dau orășeancă. Căminul nu e departe de întreprinderea unde lucrez. Sînt angajată de un an. E pentru prima dată cînd am banii mei și sînt foarte mîndră. Mi-am cumpărat chiar și cîteva haine. Cele vechi au început să mi se pară prea vechi. Peste tot se construiește, așa că drumul e cam anevoios. Mereu trebuie să trecem peste șanțuri, să pășim peste țevi, să ne ferim de cabluri. Se fac blocuri cu patru etaje, pentru muncitorii din zonă. Cînd plouă e dezastru. Doar dacă merg ocolit, pe centură, pot evita noroiul. Locuiesc în cameră cu încă trei fete. Adriana pleacă mîine să-și vadă părinții, așa că Sanda poate dormi în patul ei. Doar în noaptea asta trebuie să ne îngrămădim amîndouă. Nu e chiar ca la tanti Lucreția, dar e bine.

— Avem două zile să ne facem de cap prin oraș, îi spun. Să te gîndești ce ai chef să faci...

— Eu vreau să mă duci să văd trenul.

— O să vezi că de la mine se aude... Dar o să mergem să pui mîna pe el.

În cameră, Adriana o aranjează pe Livia. Fiindcă se pricepe un pic la tuns, din cînd în cînd ne pune pe un taburet, ne înfășoară un cearșaf în jurul gîtului și ne mai ia cu foarfecele pe ici pe colo. Ca ea să nu-și piardă mîna, iar noi să nu dăm banii aiurea. Maria le arată fotografii cu actori. Cică sînt de vînzare la chioșcul de ziare. Eu n-aș da banii pe așa ceva.

— Ia uite ce frizură are ăsta, tu! strigă Maria.

Livia se uită expert, din mai multe unghiuri.

— Mda, aș putea tunde și eu așa...

— Ia să văd, întinde mîna Adriana. Lasă, tu, frizura, ia te uită ce frumușel e! Cred că o să-l visez la noapte.

— Ce vrei, de asta e actor! comentează Maria.

— O să-l visez în ce film vreau eu, rîde Adriana.

Fetele vorbesc despre care ce a jucat.

Luăm și noi fotografiile la rînd. Nu cunosc pe nimeni. Nici Sanda. Dar asta e adevărat, ei sînt frumușei, iar ele sînt îmbrăcate trăsnet. La noi în sat de-abia de cîțiva ani s-a tras curent electric.

La cinema, aici, n-am mers decît de două ori. După ce mîncăm, o întreb pe Sanda dacă nu vrea să se uite la televizor. E încîntată. O duc la parter, în sala de activități, unde, atunci cînd sînt plenare sau congrese, trebuie să mergem să le urmărim. Aici mai sînt cîteva fete. Îi scriu Sandei pe mînă numărul camerei, ca să nu-l uite, și eu urc înapoi. Mă apuc să calc cîteva rufe.

Sanda se întoarce tîrziu, dezamăgită.

— Tuuu, sigur ăștia din poze sînt actori? Că eu am stat o grămadă și n-am văzut pe nici unul.

— Da, tu, sigur! Lasă că te mai uiți și mîine, poate ai mai mult noroc.

Dimineața o întreb ce preferă: să mergem la o cofetărie, să căscăm gura prin magazine, să vizităm parcul sau să vedem un film? Dar Sanda vrea ca înainte de toate s-o duc să vadă trenul. O luăm prin hîrtoape către gară. De la cămin, e mai aproape triajul decît gara propriu-zisă. În drum cumpăr covrigi calzi, de la chioșcul din fața fabricii de pîine. Sandei îi plac la nebunie. Ar vrea să ia cîțiva la țară, dar eu o avertizez că, dacă se învechesc, se fac tari ca o talpă.

— Dar tu ai mers vreodată cu trenul? mă întreabă ea.

— Bineînțeles!

Fusesem cu o colegă de serviciu la ea acasă, la țară. M-am și mirat că au tren în sat. Dar nu era așa. Am mers douăzeci de kilometri cu trenul și am coborît într-o haltă, nu era gară, iar apoi am mai mers șapte kilometri pe jos, prin cîmp. Dar se cheamă că fusesem cu trenul, nu?

— Și cum e? se interesează Sanda.

— Frumos, cum să fie...

Ajungem la liniile ferate și o luăm de-a lungul lor. Undeva lîngă silozuri se zărește trasă o garnitură. Îi explic că pe șinele astea de metal merg vagoanele. Ea se apleacă și le pipăie:

— Phii, ce reci-s!

— Fier, ce vrei.

Ajungem chiar lîngă vagoane. De pe ele încă mai picură stropi de apă. Probabil tocmai le spălaseră, îi explic eu. Sanda se dă doi pași înapoi și numără vagoanele. Paisprezece. Se aude un fluierat. Pe cîteva linii mai încolo tocmai trece un marfar. Soră-mea nu-l slăbește din ochi pînă nu dispare.

— Tuuu, da' ce zgomot face! strigă ea, trăgîndu-se de lobii urechilor.

— Fier pe fier, ce vrei!

— Uite că e o ușă deschisă! strigă din nou, surprinsă.

— Doar nu le încuie ca pe apartamente... Vrei să urcăm?

Dă din cap că da. Scările sînt înalte, așa că o împing de fund. Odată ajunsă sus, îmi întinde palma. Facem cîțiva pași pe culoar. De la un geam, Sanda face din mînă fără adresă:

— La revedereee! Eu mă duc la Bucureeeești...

— Poate ne vede careva și ne cere biletul, zic eu.

Sanda bagă repede capul înăuntru. Cîțiva stropi îi aterizaseră drept după gît. Intrăm într-un compartiment. Sanda sare cu fundul pe banchetă, așa cum probezi un pat înainte să-l cumperi. Încearcă cu degetul vinilinul. Citește inscripțiile. Se uită la fotografiile prinse sub sticlă cu șuruburi nichelate: un peisaj de munte și mai multe instantanee de la mare.

— Dar ăsta numai la munte și la mare merge? întreabă ea.

— Habar n-am... Cred că acolo merge mai des, de aia...

— Ce e ăsta de aici, semnal de alarmă?

— Păi, e așa, dacă ți se face rău cumva... să poți da alarma.

— Și ce se întîmplă atunci?

— Păi, cred că vine un doctor... careva care să-ți dea un prim ajutor...

Sanda e satisfăcută de explicațiile mele și mergem mai departe. Descoperim că se poate trece dintr-un vagon în altul.

— Ia te uită, au și closete! mă mir eu.

— Păi, spuneai că ai mai fost cu trenul, tu!

— Sigur c-am mai fost, dar n-am avut nevoie la closet.

Sanda e încîntată ca un copil. Țopăie. În vagonul în care tocmai am ajuns e mult mai curat, iar în loc de banchete sînt scaune plușate. Nici eu nu mai văzusem așa ceva. Ne lăsăm în fotolii cu toată greutatea, să le simțim moliciunea. Sanda închide ochii de plăcere. Mă gîndesc că sînt ca la tanti Lucreția.

— Tuuu, eu zic că astea-s pentru membrii de partid, face ea.

— Așa zic și eu...

Un zvîcnet ne trezește din reverie. Vagonul s-a mișcat. Sîntem în picioare instantaneu, speriate. O zbughim către cea mai apropiată ușă. Sărim fără să mai folosim treptele, ca atunci cînd eram mici și ne dădeam drumul din copac. Ne liniștim și rîdem amîndouă.

— Era cît pe ce să ajungem la București, zice ea.

Trenul nu pleacă din loc.

21

E nouă dimineața și noi muncim ca zănatecii. Tragem tare, ca după pauză să belferim. Soneria, puternică și răgușită ca o sirenă, ne anunță că e cineva la ușă, un străin. Se trage zăvorul și apare șefu', cu o figură de înmormîntare. Alături de el, un bărbat elegant, cu țigara în mînă, nici el prea vesel. Aurelia îmi șoptește că e directorul cel nou. Auzisem că de cîteva luni se schimbase directorul, dar nu avusesem ocazia să-i văd mutra. Ras la sînge, cu frizură impecabilă, dar la prima vedere antipatic. Mă gîndesc că șefu' a dat de belea sau că unul dintre noi făcuse vreo boacănă, una mare de tot, de catadicsise directorul să-și scoată la plimbare costumul lui elegant printre salopetele noastre unsuroase. Tovarășul Costum își pune mîinile la urechi și își încrețește ochii, iar șefu' ne face semn să oprim mașinile. De îndată ce se poate auzi om cu persoană, șefu' ne spune să ne apropiem, fiindcă tovarășul director general are un anunț pentru noi. Facem cerc în jurul lor. Tovarășul Costum își strivește chiștocul cu vîrful pantofului la 420 de lei perechea, își împreunează mîinile și-i dă drumul, solemn:

— Dragi tovarăși, am o veste bună pentru noi toți. Deoarece atelierul dumneavoastră a fost ani la rînd fruntaș în „Întrecerea socialistă“, tovarășii de la Județeana de Partid ne-au însărcinat cu o înaltă și onorantă misiune.

E clar că am încurcat-o, îmi spun. Probabil vor să ne mărească norma.

— O misiune de care trebuie să fim mîndri. Aceea de a arăta și a face cunoscute roadele muncii noastre la cel mai înalt nivel posibil, tovarășului Nicolae Ceaușescu...

Bla-bla-bla. Încremenim cu toții. Peste trei zile, Ceaușescu urmează să ne viziteze atelierul, ca să impulsioneze producția pentru export.

— Vă rog să începeți chiar de acum să pregătiți acest înălțător moment! își încheie directorul discursul.

Asta înseamnă șmotru, știm cu toții.

Nea Mitu are o privire pasteurizată, vorba lui. Ori e mahmurel, ori doza de agheasmă de dimineață a fost cam mare.

Șefu' încearcă să obțină de la director o amînare de o zi pentru începerea curățeniei, fiindcă tocmai trebuie să terminăm o comandă pentru Thailanda. Orice întîrziere înseamnă penalizări.

— Tovarășu', vine Ceaușescu, pricepi? De export ne arde nouă acum? îl repede directorul, aprinzîndu-și o nouă țigară.

Ies amîndoi, iar noi rămînem gînditori.

— Să mor eu, nu mă las pînă nu fac o poză cu Ceaușescu aici-șa, lîngă strung, zice nea Mitu, mestecînd cuvintele.

— Nea Mitu, dacă dă Ceaușescu mîna cu matale, nu te mai speli pînă mori, îl provoacă nea Pancu.

— Nuuuu, eu de la Leana vreau un pupic. Mă îmbrac în pionier și-i dau și flori, numai să-mi dea un pupic pe obraz.

Rîdem, dar fără tragere de inimă.

Șefu' se întoarce iute. Îl citește dintr-o ochire pe nea Mitu și îl trimite să doarmă o oră. N-a reușit să-l înduplece pe director cu amînarea, deci ne pregătim să facem peste tot lună. Ne avertizează că, dacă nu ieșim bine, am rupt-o-n fericire. Directorului, mai ales că e nou, îi tremură și chiloții pe el, așa că zilele astea va fi cu ochii pe noi. Ceea ce n-a fost reparat și curățat în ultimii douăzeci de ani trebuie să rezolvăm noi în trei zile și trei nopți. Dacă e nevoie, lucrăm pe ture. Nu vom fi singuri, căci toată întreprinderea intră în priză. E vizat atelierul nostru, dar niciodată nu se știe pe unde are chef să-și bage nasul Ceaușescu. Niciodată nu l-am văzut pe șefu' așa de nervos. Vorbește și se plimbă printre noi. Gîndește cu voce tare. Dă ordine pentru azi sau pentru zilele următoare.

Se răzgîndește. Se contrazice. Se bîlbîie.

E panicat!

Pînă la urmă reușim să ne organizăm cît de cît. Hotărîm să începem cu văruitul, că asta face cea mai mare mizerie. Apoi trecem la vopsit tot ce n-a mai văzut pensulă de ani de zile, la șters geamurile, la făcut bec utilajele și după aceea om mai vedea.

Începe forfota. La început ne cam încurcăm unii pe alții, dar încetul cu încetul începem să ne aflăm rostul. Pe unde se trece cu varul, eu și

Aurelia curățăm urmele și facem geamurile. Sanda are mare noroc, e în concediu de maternitate.

S-a făcut deja după-amiază, lucrurile înaintează binișor, dar sîntem departe de a termina. N-am avut decît o pauză de un sfert de oră. Mă doare spatele și mă ustură mîinile. La început, eu cu Aurelia ne-am mai povestit una-alta, dar acum muncim în tăcere. Nu se aud decît hîrșîitul periei și scîrțîitul geamurilor.

De la magazie, apar două femei cu teancuri de salopete și tot felul de articole de protecție. Primim echipament nou. Va trebui ca în ziua vizitei să arătăm ca de pe carte, cum spune șefu'. Cu cască și ochelari de protecție, cu mănuși și șorțuri de piele unde este cazul.

Cu ocazia asta, șefu' decretează pauză. Trimite pe cineva să cumpere de mîncare pentru toată lumea. Plus apă minerală, în pofida unor proteste murmurate. Cafeaua o aduce de la el din birou.

Fiecare trebuie să ia pe bază de semnătură echipamentul. Pentru prima dată, cei de la magazie au răbdare să-l și probăm. Pînă acum, ni-l dădeau și gata. Dacă ți-era prea mic sau prea mare, trebuia să te rogi o săptămînă să ți-l schimbe. Întindem o masă comună, iar cîte unul dispare și se întoarce cu efectele sub braț. Molfăim fără vorbă, gîndindu-ne la ale noastre.

Apare nea Mitu, cu cască pe cap, ochelari de protecție, șorț și mănuși grosolane, din piele de porc. Merge legănat, cu mîinile la distanță de corp, ca și cum ar vrea să se bată cu cineva.

— Mă numesc Dumitru Prunariu, zice el, primul român care a fost în cosmos. În acest moment solemn, vreau să vă transmit salutările marțienilor prieteni.

Profit de momentul de destindere și ies pînă la poartă, să-i dau un telefon lui Țucu și să-i spun că nu știu cînd ajung. El tocmai a picat, imediat după Alice, și își încălzește mîncarea. Îi explic despre ce este vorba și îmi zice că știe de vizita lui Ceaușescu, i-au mobilizat și pe ei, îmi va povesti acasă. Astăzi scăpaseră mai repede, dar a doua zi se anunța nasoală. Îl rog să o ducă pe Alice la Sanda, pentru o zi, două, pînă trece furtuna. Nu era prima dată cînd fata rămînea la mătușa ei, căci se împăcau de minune.

Și în stradă e vînzoleală. Fierb butoaie de smoală, iar basculantele cară bitum. În vale, compresoarele deja au intrat în pîine. În sfîrșit, se asfaltează și pe aici, pînă acum trebuia să faci cu mașina slalomuri printre gropi. Spre poarta din deal, brazii mari și prăfuiți sînt spălați cu furtunul. Lîngă gardul nostru, spre stradă, din movile de pămînt negru se cară cu găleata. Pietrișul și iarba uscată dispar, iar în loc se fac straturi pentru flori. Paznicii vopsesc poarta mare de la intrarea mașinilor.

Nici la celelalte secții nu se stă degeaba. Toată lumea se mișcă. Înăuntru, deja au trecut la vopsit. În primul rînd brîul care înconjoară atelierul, apoi trecem la partea metalică, stîlpi și toate celelalte. Totul, în verde. Deși s-au deschis larg ferestrele, mirosul ne zăpăcește.

Este ora zece seara și, ca în tot orașul, s-a tăiat curentul electric.

Aprindem cîteva lanterne, dar nu se vede mare lucru. Șefu' e disperat. Din biroul lui, vorbește la telefon. Răcnește:

— Vine Ceaușescu, pricepeți? Dați drumul la curent, altfel voi răspundeți.

Așteptăm. Sîntem frînți. Șefu' dă telefoane în continuare. Nici măcar nea Mitu nu mai are chef de glume.

În sfîrșit, vine curentul și, cu greu, începem din nou treaba. Fără prea mare spor. Ne mai lasă o oră și ne dă drumul acasă. Cînd ajung, Țucu doarme. Nu-l mai trezesc. Adorm buștean.

Iată-ne a doua zi, la prima oră. Printre noi, două figuri necunoscute, în salopete noi. Șefu' face prezentările, posomorît:

— Aceștia sînt noii voștri colegi. Se numesc Andrei și Maria. Vor fi reprezentanți din partea muncitorilor în delegația oficială care-l va însoți pe tovarășul președinte. Acum ne vor da o mînă de ajutor și se vor obișnui cu locul de muncă.

Andrei este atletic, tuns scurt. După maxilare, l-aș vedea mai curînd în șort și cu mănuși de box decît în salopetă. Maria este foarte frumoasă, numai bună pentru înmînat flori.

Planul pentru astăzi este următorul: dimineață terminăm de vopsit în interior și facem mașinile bec, să strălucească, nu alta, iar după-amiază trecem la amenajat exteriorul. Eu fac, din nou, echipă cu Aurelia. Trecem la utilaje. Scoatem praful îmbibat cu ulei din toate colțișoarele, frecăm cu șmirghel, lustruim cu pîslă. Șefu' ne transmite, din om în om, să avem grijă ce vorbim față de cei doi. Nici nu era nevoie să ne mai spună. Cel mai greu va fi cu nea Mitu, care are gura cam slobodă.

Trag cu coada ochiului către noii noștri colegi. Andrei se uită la strung ca la girafă, iar Maria parcă ține un arici în mînă, nu o cîrpă.

— E greu să schimbi meseria de azi pe mîine, îi șoptesc Aureliei.

Aurelia mustăcește.

Tovarășul Costum trece să vadă cum merge treaba și ne încurajează.

La un moment dat, Maria se apropie de noi. Ne întreabă de-un plasture, fiindcă a făcut o bășică de la șmirghel. Are mîinile fine, dar unghiile nu sînt date cu ojă. Îi aduc din trusa de prim ajutor o rolă de leucoplast, să-și taie cît poftește. Ne întreabă dacă de obicei se muncește așa.

— Nu chiar în ritmul ăsta, dar se muncește, spune Aurelia prudentă.

Maria rămîne lîngă noi. A început să se obișnuiască, freacă vîrtos. Ne spune că are un copil în clasa a patra și că e greu cu lecțiile, se face o grămadă de materie. Eu zic că e bine așa, să se obișnuiască de mici cu greul. După aceea îmi pare rău de ce-am spus, cine știe cum o să interpreteze.

Frecăm și tăcem.

Șefu' mă cheamă deoparte și îmi spune că e rîndul meu să mă duc să vorbesc cu securistul care răspunde de întreprindere. Îmi explică în ce birou trebuie să ajung. Să nu mă sperii, nu e nimic grav, toți trebuie să treacă pe acolo.

22

„Boierii“, așa ne spuneau toți. Atelierul nostru lucra pentru export și aduceam valută. Pe vremea aia Ceaușescu voia să plătească datoria externă, să nu ne mai frece occidentalii cu tot felul de dobînzi, așa că valuta era prețioasă. Ce era mai bun era pentru export. Cînd se refuza, de exemplu, o tranșă de pantofi făcuți pentru Occident și era băgată în magazine, era omor de lume. N-aveai loc să arunci un ac. Noi făceam tot felul de produse din metal, la comandă, așa că, dacă se refuza, se ducea totul la fier vechi. Și era scandal mare. Tămbălău. Penalizări. Trebuia să fim foarte atenți, dar cîștigam bine. Luam dublu față de ceilalți. În ziua de salariu, cînd venea contabila cu banii, ne încuiam în atelier ca să-i luăm, să nu afle ceilalți din întreprindere. Ciocu' mic, ne zicea șefu'. Dar am muncit pentru ei, făceam noi gura mare, doar nu i-am furat. Ziceam așa, ca să ne dăm rotunzi, dar știam că șefu' are dreptate.

În atelierul nostru parcă eram pe altă planetă. Undeva în spate, într-un fel de magazie, aveam o cadă în care curgea permanent apă rece. Acolo stăteau berile și sucurile. Cînd aveai chef, hap!, o bere. Bineînțeles, alcoolul era interzis în fabrică. Chiar deasupra căzii montaserăm o plăcuță cu articolul 400, care pedepsea consumul de alcool la locul de muncă, așa, ca să rîdem. La intrare, portarii ne căutau în genți să nu avem ascunse sticle. Unde-i combustibilul? întrebau ei. Pe bărbați îi percheziționau ca lumea de tot. Numai la plombe nu-i căutau. Deși nimeni nu era găsit cu nimic, la ieșire toți aveau nasul roșu. Adevărul e că se bea pe rupte. Dar se și muncea! La noi, nea Mitu nici nu se așeza la mașină pînă nu avea alături o sticlă de tărie. El nu se încurca cu licori pentru domnișoare, cum îi plăcea să spună. Berea nici pentru gargară nu-i bună, rîdea el. Dar, cînd se așeza nea Mitu la mașină, ieșeau piesele ca pe bandă rulantă, de ziceai că-i robot. La noi berea o aducea șeful, cu lăzile. Cine îndrăznea să-l caute pe el în mașină? El aducea valuta. Datorită lui eram întotdeauna primii în „Întrecerea socialistă". Portarii îl salutau mai ceva ca pe director. Ei erau plătiți, prin rotație, în fiecare lună de altă secție. Cînd ajungeau la noi, nici nu le venea să creadă cîți bani ridică. Fotografiați-i, bă, le spunea șefu', că nu se știe dacă-i mai vedeți vreodată. Care era băiat de treabă, adică ne anunța de-un control, ceva, și nu ne făcea greutăți, prindea mai des plata la noi, care nu, aștepta pînă-i ieșea părul prin căciulă. Ăia de la alte secții nu știu cum se descurcau cu băutura, dar de sete nu se uscau. Pe unii îi mai vedeam cum sar gardul pe acolo, pe la noi, că eram într-un colț, cumva mai feriți, ca să dea fuga la alimentară. Alții, auzeam, își aduceau rachiul la borcan. Luau un compot de ăsta obișnuit, să zicem de vișine, îi desfăceau cu atenție capacul, scoteau zeama și băgau matrafoxul. Fructele le lăsau înăuntru. Capsau frumușel la loc și puteau să-i caute portarii de o sută de ori în geantă. Descurcăreț, românul nostru!

Faină viață am mai dus!

Păi, noi pînă la pauza de masă terminam treaba pe ziua aia. Asta era pe la unșpe, unșpe jumate. Noi începeam serviciul la șase. După pauză, program de voie. Lăsam mașinile să meargă în gol, ca să li se audă huruiala și să zică lumea că muncim, și treceam fiecare la treaba lui. Care voia să facă piața, n-avea decît. Dar cei mai mulți, după un duș, se apucau de tot felul de jocuri. Parcă îi văd pe nea Ariton și pe Sorin, ei tot timpul jucau table. Asta era boala lor. Uneori se adunau mai mulți și făceau campionat. Tachinări și rîsete cît cuprinde. Costel, Radu, nea Pancu și nea Aldea jucau șeptic. Cu berea la picior, ca soldatul cu arma. Nu știu mai care juca moară. O foaie de hîrtie și un creion, boabe de porumb și fasole și jocul era gata. Parcă era la cazinou, pe cuvînt. Dacă venea vreun control de la partid, portarii ne dădeau imediat de veste și eram cu toții pe poziții, la mașini, muncind cu drag și spor. Oricum, ușa la noi era încuiată, cine voia să intre trebuia să sune. Dacă era unul de-al nostru, suna de două ori lung și o dată scurt, ca să nu ne mai deranjăm cu tot teatrul pentru străini. Nea Culidiuc, el era cel mai liniștit. Se ducea undeva, într-un colț, și trăgea un pui de somn. El locuia la casă, avea un petic de grădină care trebuia lucrat, așa că, atunci cînd ieșea de la serviciu, trebuia să fie freș. Care avea chef putea să mai meșterească ceva, să mai facă un ciubuc. Șefu' nu prea era de acord cu asta, spunea că noi cîștigam destul ca să nu ne mai ținem de prostii. Dacă îl prindea pe careva miliția prin oraș cu fierul cornier în geantă pentru închis balconul, sufeream toți după aceea, că se puneau cu ochii pe noi. Dar nici nu ne interzicea, mai ales dacă era vorba să facem ceva pentru o rudă. Era unul, nea Plugaru, mereu îl vedeai la mașina de găurit, mereu suda cîte ceva, mereu îndoia la fiare...

— Dar ce faci acolo, nea Plugarule? îl întreba șefu'.

— Uite, șefu', fac niște suporturi de ghivece pentru un nepot.

— Băăăi, dar tu cîți nepoți ai? Că de zece ani tot pentru ei faci cîte ceva.

— Mulți, șefu', că-s de la țară și am avut zece frați.

— Băăăi, și toți copiii lor au venit aicea, în tîrg?

— Toți, șefu', unul n-a mai rămas la prășit.

— Și la toți, bag samă, tare le mai plac florile! rîdea șefu'.

Pe la secțiile unde era foamea mare, numai de ciubucuri se țineau toți. Găina, de unde scurmă, de-acolo mănîncă - așa se spunea. Au ieșit la cadre pentru închis balconul din fabrica aia, cel puțin pentru un cartier de zgîrie-nori. Grilaje pentru morminte, tot așa, cît pentru toți morții din al doilea război mondial. E drept că era de unde. Azi cauți cu lanterna un capăt de țeavă în întreprinderile românești. S-a dus totul de rîpă.

Noi, fetele, eram numai trei: eu, soră-mea Sanda și Aurelia. Nu ne prea dădeam la jocuri. Doar moară, din cînd în cînd. Mai tricotam sau făceam mici cumpărături. Alteori confecționam truse de tablă, nu prea mari, pentru ținut ace, nasturi și alte mărunțișuri. Le făceam cadou sau le vindeam cu zece lei bucata. Cîteodată vindeam și cutii de scule, din alea mai mari. Astea erau douăzeci și cinci. Oricum, salariul era baza, că noi cîștigam, nu glumă. Așa o distracție era acolo la noi, că, atunci cînd se termina programul, ne părea rău că ne ducem acasă.

Și ce petreceri făceam! Cînd era cîte o zi de asta mai deosebită, încingeam cîte un chef pe cinste. Acolo, în spate, în magazie. Aduceam de toate: salam, caș, roșii, tartine cu pateu, iar uneori aveam și măsline. Astea se găseau mai greu. Vin, bere, sucuri, de toate. Pînă și muzică ascultam, chit că nu se prea auzea din cauza mașinilor. Era frumos. Atunci se apuca nea Mitu să ne spună bancuri. Dar el nu le spunea așa, ca toată lumea, cîte unul. Le înșira, nea Mitu, ca mărgelele pe ață. Nu apucai să rîzi de unul, că venea al doilea, apoi al treilea și tot așa. Făceam febră musculară la burtă, pe cuvînt! Cînd era în formă, era dezastru. Apoi avea nea Mitu poveștile lui cu Leana și cu nea Nicu. Povestea, băi, frate, de parcă era acolo, în dormitor cu ei. Mi-i și închipuiam cum merg de colo-colo, cum se ciorovăiesc între ei, deh, ca omul cu femeia lui. Bineînțeles, erau baliverne, dar erau așa de gogonate, că te pufnea pe loc rîsul. Își trăgea sticla pe-aproape, ca să nu se întindă prea mult cînd i se făcea sete, și începea:

— Cică într-o zi Ceaușescu, Marele Bărbat, s-a trezit cătrănit rău. Dar rău de tot, bre omule, nu așa.

Apoi cînd auzeam asta, se făcea liniște și îl ascultam toți cu gura căscată. Așa era vorba lui, „bre omule". Nea Mitu a venit ceva mai tîrziu la noi la atelier, căci înainte lucrase la Șuruburi. Sînt sigură că a avut el o pilă barosană, de a ajuns la un loc așa călduț. Și mai bea din sticlă, și mai băga la gogoși.

Am rîîîîsss...

Am rîîîîsss...

Doamne, ce-am mai rîs!

E drept, uneori am rîs cu frică.

Cîte unul îi mai spunea:

— Nea Mitu, într-o zi o să ne bagi la pușcărie cu poveștile matale.

— Lasă, bre omule, că nu ne uită șefu', ne zvîrle sarmale cu praștia.

De la bancuri n-am avut de suferit, dar era s-o băgăm pe mînecă cu altă chestie. Odată ne-a venit o comandă mare din Anglia, pentru un fel de cutii metalice cu tot felul de găuri și găurele, nu știu la ce le foloseau roșcații. Veselie mare, vă dați seama! Asta însemna valută. Și salarii babane, bineînțeles. Gurile rele făceau mișto de noi, că englejii le iau pentru material, nu pentru manoperă. Adică erau interesați pur și simplu de fierul din ele, întrucît Ceaușescu nu vindea materie primă. Fier pe care cică îl topeau și-l foloseau la făcut lame de bărbierit. Eu nu prea cred, dar, mă rog, așa se vorbea. La noi tocmai venise un băiat tînăr, Dragoș. De fapt, ne fusese băgat pe gît, căci era nepotul prim-secretarului. Șeful nu avusese încotro, îl primise. Cum nu știa care-i mînerul la patent, așa de doxa era, i-a dat o muncă de proiectare, unde era din an în paște de făcut cîte ceva. Cutiile astea de la engleji erau o chestie simplă, așa că i le-a dat lui pe mînă să le proiecteze. Am trecut la lucru. Am muncit ca turbații, așa că prima tranșă, de trei mii de cutii, a fost gata într-o săptămînă. Cînd vine controlul de calitate, își pune mîinile în cap. Două găuri care erau pe stînga trebuia să fie pe dreapta. Trei mii de cutii, nu trei sute. Dacă n-ar fi fost la mijloc nepotul prim-secretarului, ar fi fost nenorocire. Așa, s-a mușamalizat. Tot șefu' a rezolvat-o pînă la urmă. Le-a dus la fier vechi și i-a plătit pe ăia să le preseze pe loc. Și-au făcut cruce, cînd au văzut ce material bun. După aceea a adus, cu pile, tablă de Galați, peste cota care ne era alocată, și am trecut din nou la treabă. Bineînțeles, fiecare și-a păstrat cîte cutii a putut duce. Am vîndut în stînga și-n dreapta și tot am mai rămas cu cîteva. Cred că și acum, dacă mergi la talcioc, găsești cutii din alea pentru englezi.

Iar azi cauți cu lanterna o bucată de tablă în întreprinderile românești. S-a dus totul de rîpă.

23

Sandei îi place grozav la oraș. Ne plimbăm prin parc și ne uităm la statui. Pe scriitori îi știm de la școală, de ceilalți nu prea am auzit.

— E ca și cum ai pune bănci și statui într-o pădure, mormăie Sanda.

Ne plictisim repede și ne îndreptăm către cofetărie. Eu știu ce vreau, o Africană și un suc, dar soră-mea stă o grămadă în fața galantarului. Citește denumirile și mă întreabă despre fiecare în parte ce gust are. Nici eu n-am mîncat chiar din toate, așa că uneori nu-i sînt de folos. A rămas la trei feluri de prăjituri, dar nu se poate hotărî între ele.

— Ia-le pe toate, dacă ți-e poftă, o îndemn eu.

Ea vrea, așa că umplem măsuța. Vînzătoarea zîmbește. Pînă să-mi termin eu Africana, ea le-a și înfulecat. Răzuiește farfurioarele, pe rînd, cu lingurița.

— Mai vrei? o întreb

— Nu, că-s cam dulci...

Abia la suc începem să discutăm. Îmi povestește cîte ceva de pe acasă, iar eu îi vorbesc despre noua mea viață. E de părere că nici nu se compară cu ceea ce am lăsat în urmă, bine am făcut că am întins-o. Oftează.

— Știi, Mica... eu am venit *și* ca să te rog ceva...

— Dă-i drumul!

— Păăăi, voiam să te întreb... nu știu, ce zici, crezi că te-ai putea interesa de-o școală profesională pentru mine?

Nu spun nimic. Mă uit în farfurie.

— Ce zici? insistă ea.

— O să mă omoare mama și cu tata.

— Poate că nu... Ce zici?

— Încerc.

— Promiți?

— Ufff, am încotro?

Trecem la lucruri mai vesele. Îmi amintesc de foștii profesori de școală și rîdem de ei. Îi luăm la puricat pe rînd, îngroșînd defectele și exagerînd gafele. Ne distrăm grozav. Doar cînd aflu că profesorul de matematică, Sebastian Protopopescu, a plecat de noi din sat mă întristez. Nu știu exact de ce. Plătesc și ieșim. Sanda se interesează cît a costat, dar eu îi spun că nu-i treaba ei. Pe drum, luăm înghețate la cornet. Căscăm gura la vitrine. Încă mai ai ce vedea, vremurile grele vor veni mai încolo. O duc la magazinul central, proaspăt deschis, cu două etaje și o grămadă de raioane. O vînzătoare ne atrage atenția asupra înghețatelor, așa că din două guri le dăm gata. Ne uităm la pantofi, la stofe, la articole sportive, cosmetice, porțelanuri, la îmbrăcăminte pentru femei și pentru bărbați. O rog să-și aleagă ceva, vreau să-i fac un cadou. Cînd aude una ca asta, o luăm de la capăt. Zăresc o pălărie verde care cred că i-ar plăcea tatei, pentru zilele de sărbătoare, și o cer. O probez pe capul Sandei, fiindcă al meu cred eu că e cam mare. O cumpăr. Sanda probează o pereche de ochelari de soare. Îi vin bine.

— Îs numai buni la călcat tezic, rîd eu.

Îi plătesc și mergem mai departe. Sanda se oprește în fața tuturor oglinzilor să se admire. Îi plac teribil, îi mută întruna pe nas, cînd mai în față, cînd mai în spate. Pentru mama cădem de acord că ar fi tare bună o broboadă. Ne învîrtim pe-acolo, dar nu găsim. Propun să mergem în altă parte, poate avem mai mult noroc. La ieșirea din magazin, zăresc o siluetă cunoscută. Tanti Lucreția. Stă în fața intrării, cu spatele la noi. Pare să aștepte pe cineva. O prind pe Sanda de braț și îi fac semn să tacă. Mi-e frică să văd cu cine se întîlnește tanti Lucreția.

— Hai să ne mai plimbăm, îi șoptesc Sandei, o să se supere că n-am trecut pe la ea.

Dar soră-mea nu pare prea convinsă de propunerea mea. Stă în loc fără să ia o decizie.

— Ia te uită pe cine vedem! auzim deodată în spatele nostru.

Nenea Andrei.

Ne reunim tuspatru și stăm de vorbă în fața magazinului, încurcînd circulația. Aflăm că ei merg la o nuntă în acea noapte și sînt în căutarea unui cadou. Răsuflu ușurată. Nu trebuie să-i mai vizităm. Rămîne pe altă dată. Tanti Lucreția arată foarte cochet, ca de obicei. Ne despărțim. Noi pornim în căutarea broboadei, iar pe drum mai luăm două înghețate la cornet. Îi spun Sandei să nu-și mai lingă degetele. Îi dau batista mea. Ne oprim în fața unei vitrine cu articole sportive. Intrăm și Sanda probează o pereche de teniși chinezești. Se vede pe fața ei că nu i-ar mai da jos din picioare, așa că-i plătesc. Sanda mă pupă. Flecărim mergînd.

— Asta ce-i?

— Baia de aburi.

— Cum adică? Te speli cu aburi? Nu te frige?
— Te speli cu apă și săpun, dar stai în aburi...
— Și nu te sufoci?
— Te obișnuiești...
— Eu cre' că prefer ciubărul...

Seara, Sanda pleacă din nou să vadă actorii, poate are mai multă baftă.

E amiază, sîntem în autogară. O conduc pe Sanda, care e bosumflată că trebuie să se întoarcă. Pentru autobuzul de seară nu am mai găsit bilete, așa că pleacă acum, pe căldură. Are o geantă mare și grea. Pe lîngă cadouri, am mai pus cîteva pîini, ciocolate, conserve de pește, zahăr și ulei. Îmi amintește de cîteva ori să nu uit de rugămintea ei. Cît vorbim, își scoate și își pune la loc de mai multe ori ochelarii de soare. Mă scotocesc în poșetă și îi întind două bancnote.
— Pentru ce? mă întreabă.
— Să ai și tu banii tăi...
— Ăăăă... la țară nici n-ai unde să-i cheltuiești... îi țin pentru data viitoare cînd vin...
— Faci cum vrei, sînt ai tăi.
Autobuzul pleacă. Îi flutur din mînă. Ea se face că plînge și că își culege lacrimile în palma făcută căuș. În drum spre cămin, mă întreb dacă am făcut bine că i-am dat bani. Cum să nu vrea să vină la profesională? Constat că tocmai am încurajat-o.
Ajunsă la cămin, scot tot mărunțișul și îmi fac socoteala. Am rămas lefteră. O rog pe Livia să-mi împrumute niște bani pînă la următorul salariu.
Oricum trebuia să fac tot ce am făcut, îmi spun liniștită.

24

— Apostoae Emilia? mă întreabă securistul, răsfoind niște hîrtii.

Dau din cap că da. E un bărbat pe la patruzeci de ani, ușor grizonant, cu fața blajină și cu vocea plictisită. Mă așteptasem să văd o figură mai aspră, cu o voce tunătoare.

— Născută Burac?

— Da.

— Tata și mama agricultori?

— Exact.

— Cu ce se ocupă soțul?

— Lăcătuș mecanic.

— Da... da... lăcătuș mecanic... Dar de ce nu sînteți membră de partid?

— Mmmm... Nu știu... Cred că nu am nivelul ideologic necesar, tovarășe...

— Văd că sînteți un element bun, nu aveți abateri...

— Asta așa e.

— Ați primit un apartament prin întreprindere, cum vă simțiți în el?

— Bine.

— Vi s-a propus să intrați în partid și ați refuzat?

— Nu.

— Dar, dacă vi s-ar propune, ați accepta?

— Nu știu... Cred că da.

— Și de spuneți că nu aveți nivelul ideologic necesar? Cum adică?

— Nu știu... Așa mă gîndesc eu...

— Ce vă lipsește ca să aveți nivelul ideologic necesar?

— Poate că ar trebui să studiez mai mult documentele de partid... Știu eu?

— Sînteți mulțumită de colectivul în care lucrați?

— Da.

— Dar de maistru?

— Și de el.

— Aveți vreo nemulțumire legată de locul de muncă?

— Nnnu.

— Considerați că vă lipsește ceva anume în care întreprinderea vă poate ajuta?

— Știu eu... Poate că o butelie...

— Asta e tot?

— Da, cred că da.

— Bine, faceți o cerere pe care o lăsați la mine și mîine mergeți la sindicat să ridicați bonul pentru butelie.

Cînd mă întorc, e pauză. Îmi scot pachețelul și mă așez afară, pe bancă, lîngă Aurelia.

— Cum a fost? mă întreabă ea.

O privesc mirată de unde știe.

— Mi-a zis șefu' ca după pauză să mă duc și eu.

— A-ha, mă dumiresc. E de treabă totuși. Te întreabă ce nemulțumiri ai. Eu i-am spus că aș vrea o butelie și mi-a zis să las o cerere.

— Dar pînă acum de ce nu ne-a întrebat?

Dau din cap în semn că e clar de ce acum, și nu altă dată. Mîncăm. La sfîrșit, Aurelia scoate portocale. Povestește că la magazin la bărbată-su nu mai prididesc să descarce marfa. Se bagă de toate. Salamuri, lapte, ciocolată, de toate. Și nu numai la ei, ci mai în toate cartierele. Bine, tot e coadă, dar numai de douăzeci-treizeci de persoane, nu puhoaie.

Se apropie Maria, așa că tăcem. Aurelia o îmbie să ia din portocala desfăcută. Maria ia o feliuță căreia îi scoate pielița și abia apoi o mănîncă. Mă uit cu ochii mari.

— Nu suport pielița și le mănînc ca pe grepfrut, zîmbește ea.

Ca să nu mă fac de rușine, nu-i spun că încă nu avusesem ocazia să mănînc grepfrut.

După-amiază, trecem cu toții pe exterior. Măturăm, curățăm, săpăm. De la primărie, am primit pămînt negru, trandafiri și bucăți de gazon. Vopsim toate țevile exterioare și macaraua rulantă. Pe corpul de clădire principal, o altă echipă, de la altă secție, vopsește literele înalte de-un stat de om de la „Trăiască Partidul Comunist Român". Portarii au primit și ei doi colegi noi. S-a intrat cu asfaltarea și în curtea întreprinderii.

Seara, cînd se întrerupe curentul, ne dă drumul acasă.

Ajung ruptă. E prea tîrziu să mai sun la Sanda să văd ce face Alice. Mai trăncănesc cu Țucu. N-am mai vorbit de două zile. Îmi povestește că pe ei i-au dus la transplantat porumb. Merg la Ferma Partidului, scot porumbul de pe un lot experimental, porumb mare și frumos, cu ditamai știuleții, și îl plantează la marginea lanurilor, cîte două-trei rînduri, pe drumurile pe care va circula Ceaușescu spre nu știu ce C.A.P. De-acolo scot porumbii piperniciți, pe care îi încarcă în remorci. Mai departe, nu știe nici el ce se întîmplă. Toate operațiunile astea le fac în plin soare. Măcar le dau apă minerală.

A treia zi e cumva mai lejeră. Ne ocupăm cu „pavoazarea". Ne-am împărțit în două. O echipă pe interior și una pe exterior. Eu sînt înăuntru. Facem un panou de onoare, cu fotografii ale muncitorilor fruntași. Ca să ne distrăm, îl punem pe nea Mitu ca fiind cel mai cel, modelul de urmat. Apoi întocmim un grafic cu ședințele de informare politică, cu date și teme pe care le punem din burtă. Adică nu chiar, le copiem după un model adus de șefu'. Decupăm din ziare articole, pe care le prindem în bolduri pe o bucată de polistiren învelită în pînză roșie. Agățăm două-trei tablouri cu Ceaușescu. Șefu' ne aduce și vreo douăzeci de cărți groase din opera lui nea Nicu, să le punem la el în birou. Fiindcă nu are bibliotecă, cărăm una de la Fabrica de Mobilă, cu împrumut. Ne aduce și patruzeci de ghivece de flori, să le împrăștiem peste tot, cît mai estetic. Semnăm pentru ele. Ce se pierde sau se distruge se plătește.

Afară e tărăboi. Cineva urlă.

Eu și cu Aurelia ieșim în ușă să vedem despre ce-i vorba.

Un ins brunet și încruntat, la costum și cravată, își dă ochii peste cap și face spume la gură.

— Sînteți niște cretini și niște dobitoci. Ați încurcat-o cu mine, vă promit! Să treacă vizita și stăm noi de vorbă! Aici e fabrică de bețivi? Facem vin sau producem pentru export? Sînteți iresponsabili.

Și se duce ca un vîrtej, unul din acela care seceră totul în cale. Aflăm că-l deranjase vița-de--vie. Dintre toți, nea Culidiuc este cel mai afectat. O plantase, o curățase și o legase ani de zile, iar acum băieții se și apucaseră să o scoată. Nici nu vrea să asiste, intră în atelier. Șefu' nu zice nimic, că-s noii noștri colegi de față, dar ochii îi scapără. Și mie îmi pare rău după umbră, după ciorchinii negri, cu bobițe bătute una lîngă alta... Nea Culidiuc ne face semn că tipul, încruntatul, e țicnit. Îl întrebăm cine e și zice că e unul mare și tare de la Județeana de Partid.

Nu trece o oră și vine portarul cel tînăr rîzînd în hohote. Vrea să povestească ceva, iar șeful îi face semn discret să tacă. Portarul nu se prinde și dă-i, și turuie. Zice că tipul de adineauri – Tovarășul Val-Vîrtej, cum l-am botezat în mintea mea – s-a legat de brazii de lîngă poarta principală, că de ce-s așa de prăfuiți. I s-a explicat că au fost spălați cu furtunul, dar că mai verzi de-atîta nu i-au putut scoate. Atunci tipul cică a început să zbiere că pe el nu-l interesează, că, dacă e nevoie, să fie vopsiți, numai să arate ca brazii adevărați, de la munte. Iar acum, cățărați pe mașinile cu braț mobil de la Uzina Electrică, cîțiva inși vopseau brazii cu pistolul.

Nu rîd decît Adrian, Maria și nea Mitu. Aaa, și nea Culidiuc, care e în atelier, în spatele nostru.

Bietul portar, acum înțelege. Se vede după privirea lui speriată.

— La urma urmei, și asta e o soluție, încearcă el să o scalde.

De data asta, rîdem cu toții.

Portarul nu mai înțelege nimic.

Șefu' îl ia de după umeri și-i cere să-i arate unde a văzut una ca asta, că el nu crede. Se vede de la o poștă că vrea să-l scoată din tot rahatul.

Astăzi plecăm mai devreme, să avem timp să ne pregătim pentru a doua zi și să ne odihnim. Șefu' ne dă ultimele instrucțiuni: salopetele să fie călcate și apretate, bărbații să fie bărbieriți și să miroase a pastă de dinți, nu a trăscău, iar femeile, fără rujuri, machiaje sau unghii făcute.

Ajung acasă. Țucu nu e încă venit. Oalele sînt goale, iar chiuveta e plină. Mă apuc de treabă. Apare și Țucu. Îmi povestește că a venit un tip cu gura mare și a beștelit pe toată lumea. Pe ei, că nu udaseră porumbul plantat, iar pe cei de la Ferma Partidului, care pregăteau o cireadă de vaci de rasă pentru C.A.P.-ul pe care urma să-l viziteze Ceaușescu, că sabotează evenimentul. I l-am descris pe Val-Vîrtej și mi-a confirmat că el e. Cu vacile fusese un adevărat circ. În primul rînd, i-au pus să scoată toate vacile negre din efectiv, fiindcă n-au un ton optimist. Apoi nu era mulțumit de modul cum fuseseră spălate și țesălate. Dar cel mai tare fusese cînd se legase de copite, că nu sînt destul de lucioase, fiindcă el așa știa, că vacile de rasă trebuie să aibă copitele strălucitoare. Pînă la urmă i-a pus să le lăcuiască, să arate ca la carte.

Mai trăncănim despre una-alta și adormim.

Ziua cea mare.

Directorul general și șefu' fac trecerea în revistă. Ne privesc atent pe fiecare în parte, mai aranjează cîte un guler. Cu toate chestiile alea de protecție pe noi, arătăm ca pentru expoziție. Atmosfera e tensionată. Colegii noștri cei noi n-au venit, probabil că pentru delegația oficială s-au prezentat în altă parte. Tovarășul Costum pleacă și rămînem între noi. Timpul trece greu. Ne plimbăm de ici colo, fără stare. Nici nu ne vine să ne așezăm, să nu se șifoneze ceva.

În stradă, de o parte și de alta, deja au fost aduși muncitori, pionieri și uteciști, cu pancarte și stegulețe. Vorbăria lor ajunge pînă în curtea întreprinderii.

Din cînd în cînd, nea Mitu merge legănîndu-se, cu mîinile înfoiate, așa cum își imaginează el deplasarea unui cosmonaut. Zîmbim, dar nu ne arde de rîs. Orice s-ar spune, sîntem emoționați. Nu vine în fiecare zi Ceaușescu în atelier la noi. Și cred că ne e și un pic frică, chiar dacă nimeni nu spune asta. Trebuie să ieșim bine! Foarte bine!

Din cînd în cînd, șefu' ne aduce vești de la Tovarășul Costum: Ceaușescu e în oraș; Ceaușescu e în tribună, urmărește defilarea; Ceaușescu e la masă; Ceaușescu a plecat spre C.A.P. Tensiunea crește. Cel mai rău este că noi nu avem nimic de făcut, trebuie să așteptăm. În orice clipă trebuie să fim gata.

După-amiază, pe la cinci, vine vestea năucitoare: Ceaușescu a plecat din oraș.

Dar noi rămînem pe poziții, să nu fie alarmă falsă.

Pe la șapte apare Tovarășul Costum și ne confirmă, Ceaușescu părăsise orașul. Ne mulțumește și ne spune că data viitoare poate vom avea mai mult noroc. Pleacă repejor.

Rămînem între noi și atmosfera se destinde brusc.

— Șefu', da' colegii ăia noi n-au venit astăzi, ce facem, îi pontăm? întreabă șugubăț nea Mitu.

— Ia mai dă-i în pizda mă-sii!

Hotărîm să mergem cu toții la un restaurant și să sărbătorim reușita.

25

Doamna Rozalia povestea șoptit, cu ochii ațintiți asupra ceasului vechi. Din cînd în cînd se oprea și mă îndemna blînd să servesc din dulceață.

Se născuse în 1936. Tatăl ținea un atelier de croitorie cu trei ucenici, iar mama avea grijă de casă. Fusese singură la părinți și, prin urmare, tare răsfățată. Îi plăcea să picteze, încă mai păstra desene de la vîrsta de cinci-șase ani. Părinților li se spunea că micuța Rozalia are talent, iar mama o încuraja în această direcție. Tatăl stătea mai mult pe la atelier. Avea clientelă aleasă și pretențioasă, pe care nu-i plăcea să o lase pe mîna ucenicilor. Toate notabilitățile orașului își comandau haine la Anton Buzinschi. Din pricina unui beteșug la picioare, tatăl nu făcuse războiul. Chiar și în acele momente grele, ei o duceau destul de bine. Micuța Rozalia a început să meargă la școală, unde avea rezultate foarte bune. Desenul era, de departe, punctul ei cel mai tare. Venirea comuniștilor a însemnat începutul dezastrului. În 1949 atelierul a fost naționalizat. Tatăl, fiindcă nu participase la război, era tratat ca dușman al poporului. Grație unor relații din fosta clientelă scăpase de închisoare. Dar deveniseră peste noapte săraci. Mîncau pe sponci. Ce era mai bun ajungea în fața

Rozaliei. Asta însemna pîine cu lapte. Mama reușise cu greu să se angajeze sezonieră la niște sere. Cînd ajungea acasă, era ruptă de spate. Tatăl era refuzat sistematic, indiferent ce muncă solicita. Noroc că, atunci cînd simțise în aer schimbările comuniste, își dusese aproape toată stofa în podul casei unui cunoscut, într-o mahala. Mașinile de cusut nu avusese cum să le salveze. Așa că la începutul anilor '50 mai vindea cupoane de stofă. Stofă bună, adevărată, de diferite culori, cum nu se mai găsea în România. În podul acela era raiul pentru micuța Rozalia. Cît timp tatăl alegea stofa, ea pipăia și mirosea cupoanele, le desfășura cîte un capăt și se îmbrăca în prințesă sau în zînă. Tatăl o lua cu el, mai tîrziu înțelesese, deoarece, cu un copil de mînă, era mai puțin bătător la ochi. Dacă ar fi fost prins, cu siguranță n-ar mai fi scăpat de închisoare. Era foarte periculos, dar foamea îl împingea să riște. Cupoanele le vindea la un sfert din preț unor croitori, oameni de încredere, pe care îi cunoștea de mult. Din ele își croiau costume oameni de la vîrful noii ordini proletare și soțiile lor. Cîteodată, pe stradă, tatăl o oprea să-i arate cîte o rochie: uite, asta e din material de la noi. Nici nu era greu de ghicit. Comuniștii nu mai făceau decît stofe maro, negre și gri. Cenușiul și albastrul-salopetă erau culorile oficiale. Dacă steagul nostru n-ar avea roșu, galben și albastru, am uita culorile astea, zicea tatăl ei. Pantofii erau toți negri și maro. La fel și poșetele sau umbrele. Pe măsură ce comunismul triumfa, lumea se retrăgea în două-trei culori închise, ca într-o fotografie de proastă calitate. Mulțimile pe stradă păreau convoaie funerare. Micuța Rozalia devenise mare. Desena în creion, căci acuarelele erau scumpe. Încă mai visa să se facă pictoriță. Numai că, în 1954, cînd, plină de entuziasm, a încercat să se înscrie la facultate, dosarul i-a fost respins. Așa a aflat, încă o dată, ce înseamnă să fii copilul unui dușman de clasă. I s-a ținut și morală, ca să înțeleagă. Asemenea copii nu sînt de încredere fiindcă au părinți cu atitudini dușmănoase. Ce iese din pisică tot șoareci mănîncă. Ei nu trebuie să ajungă să ocupe funcții de conducere în societate. Apoi, un loc ocupat de fiul unui chiabur este un loc furat unui copil de proletar, așa că nu este cinstit. A înțeles. A înțeles că tovarășii nu o lăsau să se facă pictoriță. A plîns și s-a angajat, cu greu, femeie de serviciu într-o instituție, iar apoi taxatoare în autobuz. În 1958, în urma unor intervenții sofisticate, regimul i-a făcut o favoare tatălui său: l-a angajat croitor. În atelierul care fusese pe vremuri al său. Bucuria găsirii unui loc de muncă era otrăvită zilnic de amintirile pe care i le stîrnea locul. Mașinile de cusut nu se schimbaseră, erau aceleași. Dintre foștii ucenici, nu mai era decît unul, cel mai neîndemînatic, care devenise șef și care era membru de partid. Din fericire, acesta nu-i purta ranchiună. Așa că, în scurt timp, a fost angajată și Rozalia în același loc. Acolo învățase croitorie. La vestea că Anton Buzinschi își reîncepuse lucrul, mulți dintre foștii clienți au revenit. Din depozitul clandestin de stofă nu mai rămăsese aproape nimic. Dar își făcuse datoria, contribuise la hrana lor timp de aproape zece ani. Nu mai rămăseseră decît niște cupoane parțial putrezite din pricina umezelii. Stătuseră într-un loc în care picura prin acoperiș. Prin '70, le-a mutat atelierul în altă parte, iar în vechiul amplasament s-a făcut o mică librărie, apoi aprozar. Localul mai exista și acum, undeva în centrul vechi. După revoluție a avut mai multe destinații, iar în prezent era sală de jocuri mecanice. Pasiunea pentru pictură nu o părăsise niciodată. Era prea tîrziu să se mai afirme, dar, în compensație, preda desenul, ca suplinitoare, într-o școală la țară. Din cînd în cînd mai făcea peisaje. A abandonat și școala, din pricina navetei. Era obositor, era frig, era scump. Aproape tot salariul se ducea pe transport. Dar ea trăia din croitorie. Îi plăcea ce făcea, însă suferea din pricina culorilor. Se săturase de maro, negru și gri. Rarele ocazii cînd prindea să lucreze pe vișiniu, verde sau albastru erau adevărate sărbători. Numai curajoasele își făceau o rochie albastră, căci niciodată n-ai fi găsit pantofi sau poșete să te asortezi.

— Dragă doamnă, ăsta e comunismul meu: cel care a luat cu forța atelierul tatii, care mi-a retezat din fașă visul de a mă face pictoriță, care m-a lipsit de culori toată viața.

La revoluție, tatăl ei avea șaptezeci și patru de ani și era aproape orb. Ca un bun croitor ce fusese și ca om care rămăsese cu frica de vremi, agonisise ceva bani. O parte îi ținea la CEC, iar o parte în casă, ascunși cu grijă, ca să-i aibă la îndemînă. În zilele din decembrie '89 plîngea de emoție, nu-și închipuise niciodată că va asista la căderea comuniștilor. Bătrîn și aproape fără vedere, ieșise în stradă, gata să-și ofere serviciile forțelor revoluționare. Din tinerețe nu mai avusese un Crăciun așa fericit. Spera din toată inima că cine a făcut rău va fi pedepsit și ceea ce s-a furat va fi dat înapoi.

— Cît despre culori, în privința lor nu se mai poate repara nimic, zicea tata.

Apoi a venit inflația. Tatăl a intrat în panică. De la o lună la alta, banii lui, strînși o viață, valorau tot mai puțin. Cu ce ai fi putut să-ți cumperi un autoturism, peste un an abia îți luai o motocicletă. Atunci a hotărît să facă ceva cu ei. Disperat, a cumpărat mașini de cusut. Zece bucăți. Le-a depozitat pe toate în apartament, ocupînd o cameră. Tare ar fi vrut să-și facă, din nou, un atelier de croitorie, dar era prea bătrîn. După doi ani a murit. Acum doamna Rozalia voia să-i îndeplinească visul. Liberalii promiseseră restituirea imobilelor confiscate. Din cînd în cînd, doamna Rozalia trecea prin centrul vechi, intra în sala de jocuri mecanice și aranja din ochi cele zece mașini de cusut. Ea nu mai putea lucra, dar cîțiva tineri ar fi putut reînsufleți locul.

— Și de ce nu mi-ați povestit asta niciodată? am întrebat-o eu.

— N-aș fi crezut că vă interesează...

Seara, a sunat din nou Alice să mă întrebe dacă nu mă răzgîndisem. Cred că am stat o oră la telefon. Țucu se uita la un film și din cînd în cînd mai ațipea. Își făcea provizia de somn, căci a doua zi pleca din nou la țară.

— Hai, mamă, că mă fac de rîs în asociație! Ce-i așa mare lucru, tot o ștampilă pui!

I-am explicat că viața mea e viața mea, că eu știam cel mai bine cum trăisem. Dacă totul fusese un rahat, unde erau tinerețile mele? Nu făcusem rău nimănui, nu băgasem pe nimeni la închisoare, nu turnasem la Securitate, de ce să mă simt vinovată?

— Nu-i vorba de vinovăție, mamă, ci doar să-ți dai seama că e un sistem prost... injust... care te duce la faliment chiar cînd la mijloc sînt cele mai bune intenții...

— Poți să-mi spui mai pe românește?

— Adică, deși vrei binele, faci rău. Că așa e sistemul. E prost croit.

— Cum să fie prost un sistem în care eu am dus-o bine?

— Dar alții, mamă? Alții cum au dus-o?

— Alții... Eu acum sînt la „alții"... la cei care o duc prost. Eu votez pentru vremurile cînd alții erau la „alții"...

— Dar, ce spui, n-ar fi mai bine să nu fie nimeni la „alții"?

— Da, cu asta sînt de acord, așa ar fi cel mai bine.

— Atunci ai încredere în mine.

— Ia te uită, învață oul pe găină!

Ne-am ciorovăit fără nici un rezultat. Pînă la urmă, am ajuns la aceeași concluzie de data trecută: ea nu avea nici un motiv să regrete comunismul, iar eu aveam toate motivele s-o fac.

— Dar rămînem fiică și mamă, da? a glumit Alice la sfîrșit.

Iar eu i-am mai spus să ia calciu, să nu-și strice frumusețe de dantură

— Cașul... cașul are calciu, a mormăit din sufragerie Țucu.

26

Sînt în garsonieră. Am deja aproape un an de cînd am închiriat-o și sînt foarte mulțumită. Nici la cămin nu era rău, mă înțelegeam bine cu fetele, dar nu reușeam să am un colț al meu. Fac mîncare de dovlecei. De fapt, e aproape gata. Țin geamurile deschise ca să iasă mirosul. Se aud mașinile din stradă, dar nu mă deranjează prea mult. Pun un disc. La salariul trecut mi-am spus: Gata, nu se mai poate, ai nevoie de un pick-up, Mica!, și l-am cumpărat pe ăsta, care arată ca o valijoară. M-am gîndit că, la o adică, îl pot lua cu mine la țară. Am început să am și eu lucrurile mele. Acum, dacă mă mut, nu-mi mai ajunge o geantă, trebuie să iau un taxi. Bineînțeles, pentru baie mi-am luat un prosop moale și lung cît toate zilele, chiar dacă prețul era cam pipărat. Mă întorc în bucătărie, ridic capacul, miros și înțep cu furculița. Încă puțin. Strîng de pe masă.

Se aude soneria.

Ridic din umeri. Nu aștept pe nimeni.

E destul de tîrziu.

Privesc pe vizor și nu-mi vine a crede: tanti Lucreția. Mă gîndesc că s-a întîmplat ceva rău acasă.

— Altă dată, cînd te muți, să anunți, fată! Așa, a trebuit să dau un tur pe la cămin...

E îmbrăcată toată în alb și are ochelari de soare.

— Intră, tanti..., îngăim eu.

— E mărișoară garsoniera asta a ta... Nu e rău deloc!

Își pune geanta pe pat, iar ea se așază în fotoliu. După tonul degajat, nu pare să aducă o veste proastă. O servesc cu un pahar cu apă și apoi o șterg repede la bucătărie să verific dovleceii. Sting aragazul și mă întorc. Tanti răsfoiește un almanah *Scînteia*. Fără ochelarii de soare, i se vede o vînătaie prelungă sub ochiul drept. O întreb dacă i-e foame și dă din cap că nu. Discul s-a terminat, dar nu știu dacă e momentul să pun altul.

Tanti mă întreabă dacă poate să rămînă peste noapte la mine.

Îi spun că ea poate dormi în pat, iar eu o să întind fotoliul pe care tocmai șade.

Insist cu dovleceii și acceptă să-i guste.

— Aduc să mîncăm aici, tanti, că bucătăria e așa strîmtă, că nu încap două funduri.

Încerc să glumesc.

Cînd mă întorc cu a doua farfurie, tanti Lucreția este cu fotografia lui Țucu în mînă. O poză mică, pentru buletin.

— Cine e?

— Un băiat...

— Văd și eu că nu-i fată. Cum îl cheamă?

— Constantin.

— E iubitul tău?

— Eeee, tanti... am ieșit de cîteva ori la film...

— E frumușel băiatul, fată... Ia uite ce ochi are! Tre' să te gîndești la măritat, nu-i nici o rușine...

Simt că m-am înroșit, așa că dau fuga după tacîmuri și șervețele.

Cît tanti este la baie și se spală pe mîini, iau fotografia și o bag repede în portmoneu.

Întîmplarea asta mă duce imediat cu gîndul la un alt episod, care se întîmplă zece ani mai tîrziu.

E toamnă tîrziu și eu tocmai am picat acasă la părinți. Tata este la scos sfeclă, iar mama trebăluiește prin gospodărie. Ca de fiecare dată, le-am adus una-alta. Pe lîngă pîine, ulei și zahăr, tot felul de lucruri pe care le-am primit de la întreprindere: o pufoaică, o pereche de cizme de cauciuc, săpunuri Cheia, sodă. Ca de fiecare dată, mama le ia și le duce în șopron, spunînd să nu mai aduc, că nu are ce face cu ele. De ani buni le cumpăr lemne, ca să nu mai facă tezic, că-s tot mai bătrîni și neputincioși, iar ei abia se ating de ele, dar de călcat balega nu se lasă. Dintr-ale lor nu-i scoți. Parcă mereu vor să-mi spună că de mine au nevoie, nu de ceea ce le aduc eu.

Pînă a mă mărita, încă mai speraseră că mă voi întoarce în sat. Odată cu nunta și-au luat adio de la gîndul ăsta. În toți anii care au urmat, le-am simțit în ceafă privirile pline de reproș. Nu-mi spuneau nimic, dar aveau un fel de a mă privi din care pricepeam totul. Tata avea o căutătură oblică, ca și cum, dacă m-ar fi privit drept în ochi, ar fi trebuit să-și deșerte și sacul cu vorbe. Mama se uita tristă, tristă și obosită. După plecarea Sandei la școala profesională, am crezut că vom împărți vina pe din două. Ea își luase asupra ei toată vina, nu suflase nici o vorbă despre ajutorul pe care i-l dădusem. Dar nu, totul a rămas pe umerii mei, căci pentru ei Sanda nu făcuse decît s-o urmeze pe aia mare, adică pe mine. Pe măsură ce au îmbătrînit, tata a devenit și el trist și obosit, iar mama a început să plîngă mai des. Singura mea apărare, indirectă, a fost să le arăt tot timpul că viitorul mi-a dat dreptate. După școala profesională, am făcut liceul la seral, cu toate că eram mulțumită de cît cîștigam. Eram teribil de ambițioasă. M-am pregătit să dau la facultate. Asta, după ce m-am măritat. Voiam să fac o secție de subingineri, la fără frecvență. Am învățat vreo două luni pentru admitere, dar la vestea că sînt însărcinată am lăsat-o baltă. A venit Alice și am pus în cui toate ambițiile legate de școală. I le-am pus ei în ghiozdan.

Mama ațipește tot mai des atunci cînd se așază pe scăunel să-și tragă sufletul pentru cîteva minute. Acum sforăie ușor, cu capul sprijinit de perete. Ține mîinile în poală. Tot timpul încercasem să le ușurez viața, iar ei primiseră gesturile mele fără bucurie. Refăcusem casa, fîntîna, trăsesem curent, dar reproșul licărea acolo în priviri. De-acum sînt obișnuită.

Dau o raită prin grădină. Trag aerul de toamnă puternic în plămîni. Grămezile de dovleci, cu aureole portocalii, par să lumineze totul în jur. Glugile de porumb foșnesc în adierea vîntului. Pe copac, zăresc cîteva mere stinghere. Cu greu, reușesc să ajung unul. Sînt mici și dulci. Uneori e foarte frumos la țară. Mai ales atunci cînd vii în vizită. Arunc cotorul în cotețul porcului, dar el nici nu se sinchisește.

Aud vorbă, așa că mă întorc spre casă. Tata a ajuns, cu furca pe umăr. Mama s-a trezit și a pus de mămăligă. Ne așezăm pe scăunele, lîngă plita de vară. Stăm de vorbă. Bătrînul nu e în apele lui. Îl întreb ce are, iar el dă din mînă că nu-i a bună și nu-i arde de povestit.

— Dar tu n-ai aflat nimic? mă întreabă mama.

— Nu, ce să aflu?

— Cum că a nebunit nen-tu Andrei.

— Ei, cum așa? Ce face?

— Să-ți spună tac-tu.

Cu greu, bătrînul își dezleagă limba. Aflu că nenea Andrei a plecat de acasă. A fugit în lume cu una mai tînără decît el cu treizeci de ani. Tanti Lucreția a făcut tărăboi. S-a făcut ședință la partid și l-au dat afară din funcție, pentru comportament nedemn. Nu i-au luat și carnetul.

Tăcem. Nu mai e nimic de spus.

Eu mă mir cum la sat veștile ajung mult mai repede, chiar dacă lucrurile se întîmplă mai departe.

— Om nebun, mai mormăie tata.

Nu zic nici da, nici nu.

27

Înăuntru miroase vag a lemn de brad și puternic a aracet. În sala mare de la parterul Casei Sindicatelor, sîntem cam douăzeci de persoane și nu cunosc decît una sau două, din vedere. Confecționăm pancarte pentru un miting urgent. Sloganurile ne-au fost aduse încă de la prima oră: „Jos huliganii de la Timișoara!“ și „Vrem ordine în țară!“. Din cele cu „Trăiască Partidul Comunist Român!“ sau cu „Stima noastră și mîndria/ Ceaușescu, România“ sînt destule, nu mai trebuie decît reparată cîte o literă pe ici, pe colo. Eu am fost convocată de secretarul de partid de la întreprinderea noastră, Dorofte, care este și responsabilul întregii operațiuni. Cei pe care-i știu din vedere sînt tot de la noi de la fabrică. Nu-mi dau seama dacă Dorofte m-a chemat ca să se răzbune sau asta e regula, nou-veniții în partid trebuie să treacă prin munca de jos.

Cînd m-am înscris în partid – nu e nici un an de atunci –, secretarul era numai lapte și miere, însă în urma unei întîmplări nu mă mai vede cu ochi buni.

Lucrurile s-au petrecut în felul următor.

Era prima zi de Paște și noi eram cu toții în atelier. Îi spusesem șefului că noi sîntem ortodocși și că în ziua aceea nu lucrăm. Șeful n-a avut nimic împotrivă, cu condiția să recuperăm. Încă de dimineață am dat drumul la cîteva utilaje în gol și am scos pe masă tot ceea ce se cuvine pentru Paște: pască, ouă roșii, cozonac, vin. Să sărbătorim și noi cumva, chiar dacă nu sîntem acasă. Atmosfera era plăcută, stăteam de vorbă, spuneam glume, mă rog, ne simțeam bine în felul nostru. Pe la prînz soneria a sunat necodificat. Ne-am uitat unii la alții și am intrat în alertă. Am strîns totul, am băgat în dulapuri și am trecut la mașini. A durat un pic pînă am deschis. În ușă, Dorofte. N-a spus nimic, a început să se plimbe prin atelier și să se uite prin toate cotloanele. Cred că mirosea a vin și a ouă, chiar dacă noi nu ne dădeam seama. La un moment dat s-a apucat de scotocit în coșul de gunoi și a scos ceea ce probabil căuta, coji de ouă roșii. La asta nu ne gîndiserăm.

— Cum au ajuns astea aici? a întrebat el, uitîndu-se la noi cu un aer triumfător.

Nimeni n-a spus nimic.

— V-am întrebat ceva, zice Dorofte. Apoi adaugă: Tovarășa Apostoae, sînteți proaspătă membră de partid, credeți că e bine ce se întîmplă aici?

Am băgat nasul în pămînt.

— Vă rog să treceți la masă ca să întocmim un proces-verbal. Așa ceva nu poate rămîne nesancționat, mi se adresează mie.

Caut o hîrtie și ceva de scris, apoi mă așez și scriu după dictare. Aproape că îmi venea să plîng.

Probabil că cineva l-a anunțat pe șefu', fiindcă nici n-am apucat să termin procesul-verbal, că a și apărut. Dorofte îi explică, înțepat, situația.

— Da, toarșu', sigur că aveți dreptate. Dar nu e vorba decît de tradiție, știți cum e... Nu neapărat sentimentul religios... Apoi, în pauza de masă, toarșu', deh, fiecare mănîncă ce are de-acasă... ce i-a pus nevasta sau soacra în geantă... îl ia cu frumușelul șefu'.

Ce mai, mare diplomat șefu' ăsta al nostru! Altfel n-ar fi ajuns unde a ajuns.

Dar Dorofte era arțăgos în continuare, ne-a pus să semnăm procesul-verbal. Ne-am uitat la șefu', iar el a dat din cap că da.

După aceea au intrat în birou.

Nu știu ce i-o fi spus șefu', ce l-o fi vrăjit, dar la un moment dat maistrul nostru a scos capul pe ușă și ne-a făcut un semn bine cunoscut. Adică să aducem ceva bun de băut. Cafea și țigări avea el întotdeauna înăuntru. Am adus cel mai fin coniac pe care l-am găsit, că whisky nu aveam de unde scoate așa repede. Asta deja era un semn bun. După două ore, ne-a făcut semn să mai aducem o sticlă. Așadar, se rezolvase.

Nouă ne pierise orice chef. Se terminase programul, dar nimeni nu îndrăznea să se ducă acasă. Așteptam să vedem finalul și să luăm săpuneala de la maistru.

Pe la cinci, au ieșit legănîndu-se amîndoi. Șefu' nu e mare băutor, dar, cînd trebuie să se îmbete, o face. De data asta nu avusese încotro. În timp ce-l scotea pe ușă, către taxi, mi-a întins procesul-verbal. L-am făcut bucățele și l-am aruncat la coș.

S-a întors, și-a luat catrafusele și ne-a spus cleios:

— Vorbim mîine!

De atunci, încerc să-l ocolesc pe Dorofte. Acum, că sîntem în aceeași încăpere, e mai greu. De cîte ori trece pe lîngă mine, mă prefac concentrată nevoie mare. Ieri am fost la ședința de partid. Una mare, pe întreaga întreprindere. La sfîrșit, Dorofte personal m-a numit în echipa de pregătire a pancartelor. A fost o ședință neobișnuită, la care s-a luat poziție împotriva huliganilor de la Timișoara. Țucu, care ascultă Europa Liberă, îmi spusese despre ce e vorba. Era revoltă și armata trăgea în populație. Era mai ceva ca în '87 la Brașov. Studenților li se dăduse drumul acasă încă de pe 16, ca să se preîntîmpine orice manifestație a lor, așa că Alice era acasă. Asta mă mai liniștea puțin. Cred că toți cei din sală știau ce se întîmplă, fiindcă atmosfera era destul de tensionată. Dorofte s-a înflăcărat. A tunat și a fulgerat împotriva forțelor destabilizatoare și ne-a îndemnat să facem totul pentru păstrarea cuceririlor comunismului. Ceilalți vorbitori, deși au mers pe aceeași idee, fuseseră ceva mai calmi. După aceea s-au ridicat din sală unii și alții, care au înfierat la rîndul lor comportamentele demne de epoca primitivă ale unor timișoreni și și-au exprimat adeziunea pentru măsurile ferme luate de partid.

Dorofte se plimbă printre noi și ne grăbește.

Eu tai din polistiren litera „m". Alții prind pînza roșie pe cadrele de lemn sosite de la tîmplărie. Am primit fîșii lungi de scîrț, pline de „m"-uri trasate cu creionul, iar eu trebuie să le decupez. Ca treaba să meargă mai repede, fiecăruia i s-a repartizat o singură literă. Așa nu te încurci și începi să înveți mișcările pe de rost, le faci automat. Pe măsură ce noi decupăm, alții deja le lipesc cu aracet pe pînză. La „m“ e bine, că nu trebuie să fac chiar așa de multe bucăți. Cei de la „i“ au nimerit cel mai prost, fiindcă sînt o grămadă de „i“-uri. Boiereala e la „J“, că nu-i decît în „Jos“. Aaa, și la „T“, de la „Timișoara“.

Cineva apare în ușă și strigă:

— Oameni buni, Ceaușescu a căzut! Dictatorul a fugit!

Ne oprim din lucru și ne uităm înmărmuriți la el. Ca la un bolnav mintal.

— Veniți repede la televizor! Veniți să vedeți!

Ne bulucim cu toții către ușă.

Eu nu știu unde e televizorul, dar mă iau după ceilalți. Se vorbește despre dictator, despre criminal și despre libertate.

Bucurie! Îmbrățișări în stînga și în dreapta. Nu și cu Dorofte, care a dispărut.

Ce face Țucu? Ce face Alice?

Fug repede spre casă, fericită și înspăimîntată.

Seara mergem în centrul orașului. E lume multă, se agită steaguri cu stema decupată. De la un balcon local se țin discursuri. Se scandează lozinci. Într-un tîrziu ne întoarcem spre casă, să urmărim evenimentele la televizor.

— Oricum, e mai important ce se întîmplă la București decît aici, în tîrg, zice Țucu.

28

Sanda locuiește tocmai în celălalt capăt al orașului, așa că m-am pornit cu o oră mai devreme. În ce privește marele meu plan de reînviere a trecutului, nu mai eram așa sigură pe el. Mi-am zis că, poate, e mai bine să văd întîi care e atmosfera și abia apoi să deschid discuția. Altminteri riscam să ratez totul. Totuși, mă gîndeam, nu poți lua, așa, ca din oală, niște oameni, fără să-i pregătești puțin. Am luat checul într-o sacoșă și am ieșit la tramvai. Doamne, iar se scumpise biletul! Era aproape cît două salarii de pe vremea lui Ceaușescu. Am coborît la gară și după aceea am luat-o pe jos. Nu se mutase decît de vreo cinci ani acolo, vînduseră apartamentul și își luaseră o casă, cu o bucată de pămînt în spate. N-o duceau strălucit, dar încercau să se descurce cu ce scoteau din grădină. Silviu, bărbată-su, încropise și un mic atelier de tîmplărie, unde mai meșterea cîte ceva pentru cei din zonă, dar nu prea multe, căci îmbătrînise și el. Cumpăraseră la un preț bunicel, de la o familie care se mutase la țară. Cei ce-au vîndut avuseseră nu știu ce necaz cu fata lor, care fugise cu un motociclist, și – cît că-i împingea nevoia, cît de rușinea străzii – se retrăseseră în sat, parcă la părinții lui, care cică aveau ditamai gospodăria. Sanda era mulțumită. Spunea că-i și la țară, și la oraș în același timp, dar eu cred, mai degrabă, că nu-i nici la țară, nici la oraș. Nu mai fusesem la ea decît de două sau trei ori, ultima dată cu vreo trei ani în urmă. Mai vorbeam la telefon.

De cînd nu mai călcasem pe acolo, strada parcă se schimbase. Începuseră să apară tot felul de viluțe, văruite în galben sau bleu, ca hotelurile de la mare. Probabil că baștanii din oraș căutau o gură de aer curat. Aveau grădini cu flori – nici urmă de varză sau pătrunjel –, alei pietruite și cîini-lupi ce scoteau botul prin grilaje de fier forjat. La una dintre vilișoare bolborosea chiar o mică fîntînă arteziană, la care se stropeau doi neastîmpărați de copii. De unde pînă acum trei ani nu era decît casa Colonelului, cum îi spunea Sanda, acum mai apăruseră patru, ba chiar cinci căsoaie. E drept, mai toate către capătul dinspre gară al străzii, și nu în vale, spre magazin, unde avea casă Sanda. Dar în cîțiva ani nu era exclus să crească și pe lîngă locuința ei niște amărîte de vile, cu burtoși stînd la soare, de-o să creadă Sanda că s-a mutat peste noapte pe Coasta de Fildeș, nu că-i într-o margine de tîrg prăfuit. Dacă stăteam și mă gîndeam bine, casa la care trăgea Ceaușescu pe vremuri, aia care nouă ni se părea un palat, nu era decît o cocioabă pe lîngă hardughiile care răsăreau acum ca bureții după ploaie. Nu m-aș fi gîndit că în colțul ăla de oraș, aproape de cîmp, se poate construi atîta.

Ne-am pupat și ne-am strîns în brațe. Sanda scosese afară o masă și cîteva scaune, sub nuc. Ce să spun, era plăcut la aer. Soră-mea arăta bine, iar casa, renovată, se schimbase complet. Ghivecele de flori, înșirate pe cerdac, dădeau un aer de vacanță. Am măsurat curtea din ochi și mi se părea numai bună pentru o hală. Una modestă, la început.

— Ăsta e Luș, l-a adus Silviu de pe nu știu unde... Cică la o casă de om, trebuie să fie și un cîine care să dea din coadă...

Părea un cîine rușinos, se ascundea pe după capotul Sandei ca un copil mic. Era maidanez, dar ținea urechile ciulite, avea ochii rotunzi și mari ca două nuci și era simpatic. Silviu era plecat cu treabă, așa că urma să fim numai între noi, fetele.

— Aurelia? întreb eu.

— M-a sunat că întîrzie un pic, mai are de rezolvat ceva la magazin.

Pînă să apară, soră-mea m-a pus la curent cu viața Aureliei. Am înțeles că se întîlneau mai des, căci fosta noastră colegă de serviciu nu locuia departe, ci undeva pe la gară. Ele sînt cam de aceeași vîrstă, cu vreo cinci ani mai mici decît mine, dar din fabrică am plecat toate odată, cînd s-a pus lacătul pe ușă. Aurelia își deschisese un magazin de cartier, cu de toate. Bărbatul ei, care fusese gestionar o viață, știa cum merg treburile și se orientaseră spre asta. Alerga toată ziua, dar nu se plîngea. Ginerele ei avea o brutărie într-un sat din apropiere și îi aproviziona cu pîine. Restul produselor, de la angrouri. Își luase mașină. Chiar și Sanda mai cumpăra de la magazinul ei, cînd era în trecere pe acolo. Avea prețuri bune. De cîte ori se vedeau, mai stăteau de vorbă. Dar nu prea mult, că patroana era mereu pe fugă. Nu e rău că se descurcă, mi-am spus eu, ar putea sprijini financiar demararea planului.

— Tuuu, dar pe-aici, pe la tine, chiar începe să semene a oraș! a strigat Aurelia, intrînd pe poartă ca o vijelie.

— Păi, ce credeai?!

Aurelia era îmbrăcată cu o bluză de in cu mînecile bufante, fustă șic și sandale cu talpă înaltă. Purta ochelari de soare. Pășea la fel de apăsat și avea gura la fel de mare.

— Parcă te-ai mai îngrășat tu... da-ți stă bine! am zis eu, ridicîndu-mă de pe scaun și îmbrățișînd-o.

— Mda, am pus cîteva kile pe mine... Stresul... Da', gata, regim! La prînz o salată cu ceva, iar seara fructe...

A scos din sacoșă prăjiturele, o sticlă de suc la doi litri și un ciorchine de banane. A pus totul pe masă, lîngă checul meu tăiat felii.

— Ta-na-nam! Și acum, surpriză, a spus ea, dînd la iveală o sticlă. Să bem și noi un păhărel, că nu ne-am văzut de nu știu cînd. De asta nici n-am venit cu mașina...

Era cremă de whisky. Nu mai băusem niciodată.

Ne-am așezat toate trei în jurul mesei și am început trăncăneala. Luș nu se dădea de după capotul Sandei, nu-i vedeam decît coada, bîțîindu-se. Aurelia vorbea despre nepoțica ei:

— E o zvîrlugă, vă spun! Și toată lumea zice că seamănă cu mine. Adevărul e că aduce destul de bine. Pe vremea aia, înainte să se nască moaca, noră-mea nu mă vedea cu ochi buni. Știți, așa se spune, copilul seamănă cu cel pe care i-e ciudă mamei...

— Pe vremea lui Ceaușescu, altfel se creștea un copil, am oftat eu. Acum n-aș avea...

— Asta mică a noastră are de toate, pe cuvînt!

— Eu regret vremurile alea, sincer. Vă mai amintiți ce distracție era la noi în atelier... ce viață... ce bine ne descurcam? am zis eu, aproape lăcrimînd.

Sanda îmi știa opiniile, așa că nu s-a mirat. Dar Aurelia m-a privit lung:

— Tu vorbești serios?

— Am față că aș glumi?

— Păăăi, ce să zic... Într-un fel eram mai liniștită atunci, nu era atîta alergătură...

Sanda a zbughit-o în casă, răsturnîndu-l pe Luș cu picioarele în sus. Suna telefonul.

— Și liniștită... și cu frigiderul plin, zău! i-am continuat eu ideea.

— Adevărul e că, pe lîngă calicia din jur, noi boieream... Că lucram la export, de asta. Altfel... altfel să vezi ce cozi am fi făcut...

— Îți amintești berile din cadă, sucurile?

— Ce mai, eram nebuni. Nebuni de legat!

— Table, șeptic, moară...

— Numai ruletă ne lipsea!

— Îți amintești cînd i-ai bătut la campionatul de table?

— Cum nu? Doamne, ce i-am mai umilit! Eu, muiere, să-i fac de comandă... Cu nea Ariton am jucat finala. Toți țineau cu el, nemernicii! Ne înfierbîntaserăm rău de tot atunci...

— Ce mai știi de nea Ariton?

— Ăăă, mai nimic... M-am întîlnit acum cîțiva ani cu el, se angajase la un privat, dar nu știa cît îl ține...

— Dar de idiotul de Dragoș?

— Ăhă, ăsta e mare și tare, are un depozit de vinuri. Aș vrea să am eu o afacere ca asta...

— Cum de s-a descurcat așa bine pușlamaua?

— Ei, cum! Eu cred că și-a vîrît coada și unchiu-su, fostul prim-secretar... Doar tot foștii comuniști învîrt afacerile cele mai mari.

— Cum așa? m-am mirat eu.

— Așa cum auzi... Mulți dintre foștii comuniști acu îs mari patroni, ce, nu știai? Pe unde te duci, dai peste ei. Deși peste unul am dat unde mă așteptam mai puțin... Ghici unde?

— Păăăi, nu știu... zi!

— La mînăstire.

— Ei, da!?

— Dacă-ți spun... Am fost acu' vreun an cu tot familionul la mînăstire. Prin curte, tot felul de călugări, cu treburi. Dau să cumpăr o iconiță și, cînd mă uit la cel ce vinde, mi s-a părut că-l cunosc de undeva. Măi, de unde îl știu eu pe ăsta?

— Cine era?

— Ai răbdare! De unde îl știu eu pe ăsta? M-am întors să mă mai uit odată. Călugărul mi-a zîmbit. Așa, în felul lor, sfios. Era destul de în vîrstă... Și deodată îmi vine în minte: Dorofte!

— Ei, nu se poate, Dorofte!?

— Ai răbdare! Nici mie nu mi-a venit a crede, am zis că mi se pare... Atunci m-am apropiat și am întrebat: dumneavoastră? Atît am întrebat. El a dat din cap că da. El era, tu! Secretarul de partid pe fabrică vînzînd iconițe, ți-ai fi imaginat asta?

— Nu pot să cred... Dar era alcoolic, tu!

— Nici eu nu mi-am revenit vreo două zile... Dar să-l fi văzut ce față blîndă avea!

— Ăsta m-a făcut pe mine membră de partid.

— Păi, acu' ar trebui să mergi să-i dai o mînă de ajutor, a zis Aurelia, și a rîs cu poftă.

Apoi s-a întors Sanda, îmbujorată, cărînd o găleată de apă. În cealaltă mînă avea o ceașcă:

— Apă de fîntînă, pentru cine poftește...

— Vorbeam despre foștii noștri colegi de muncă, am pus-o eu la curent cu mersul discuției. Știi cu cine s-a întîlnit Aurelia?

— Știe de Dorofte, i-am povestit...

— Și ce nu mi-ai spus și mie, tu? am întrebat-o cu reproș pe soră-mea.

— Am uitat.

— Dar de nea Mitu ce mai știți? m-am interesat, privind către amîndouă.

— Cînd m-am mutat eu aici, a început Sanda, îl mai vedeam trecînd la vale. Mergea la un fel de cîrciumă la care ăștia îi spuneau Tractorul șifonat, care era acolo unde-i acum chioșcul alimentar. După ce am venit eu, cam la doi ani s-a închis cîrciuma și s-a făcut magazinașul ăsta. E bine, că-i aproape și au mai de toate. Aaa, că de nea Mitu ziceam... Mergea și le turna ăstora povești de-ale lui și ăștia de pe-aici se prăpădeau de rîs.

— Aha, v-am prins, a sărit Aurelia, voi nu citiți ziarele!

— Nu prea, că-s cam scumpe... a recunoscut Sanda.

Nici eu nu le citeam, din aceleași motive.

— Sînteți niște pensionare mucegăite, habar n-aveți ce se întîmplă în tîrg. Nea Mitu candidează consilier!

— Fugi tu de-aici, te-ai molipsit de la el și bagi și tu goange, am spus eu neîncrezătoare.

— Dacă vă spun! Dar asta e o știre mai veche, da' să vă spun bomba. În ziarul de alaltăieri am citit-o...

— Altă gogoașă? m-am oțărît eu.

— Nu, tu, serios! Nici cu candidatura nu-i gogoașă, nea Mitu candidează din partea P.R.M.-ului. Mai pe la coada listei, fără prea mari șanse, dar e acolo...

— Și bomba? a întrebat Sanda.

— Păi, bomba e că un jurnalist a publicat o listă cu actualii candidați care au fost turnători la Securitate, iar nea Mitu e acolo.

— Nu pot să cred, de unde știe ăla? m-am supărat eu.

— Nu știu de unde știe, surse confidențiale, dar eu cred că nea Mitu era în stare de asta.

— De-acu', gata, toți au fost turnători... Nu știu... Parcă nu-mi vine a crede... Nu vă amintiți ce de-a bancuri cu Ceaușescu spunea?

— Și de ce nu pățea nimic? a zis soră-mea.

— Păi, ce, tu n-ai spus nici un banc cu Ceaușescu? Și? Ți s-a întîmplat ceva? zic eu către Sanda.

— Da, tu, dar Sanda spunea cînd și cînd, pe cînd nea Mitu..., i-a luat apărarea Aurelia.

Cred că ne-am învîrtit cam o oră în jurul lui nea Mitu, pînă am hotărît cu toatele că e mai bine să schimbăm subiectul. Mai erau atîtea de discutat...

Era bună crema de whisky, nimic de zis, dar după două păhărele așa mă lovise o melancolie... Pe măsură ce eu deveneam mai plîngăcioasă, Aurelia avea parcă gura mai mare, iar la planul meu nici nu mai îndrăzneam să mă gîndesc. Sanda, cînd era vorba de comunism, mereu spunea că mortul de la groapă nu se mai întoarce și că ea se bucură de ceea ce are.

— Da, tu, Aurelia, dar eram fericiți..., am zis eu, a nu știu cîta oară.

— Aiurea! Aveam ce mînca, asta da, dar fericiți? Eu mai mulțumită sînt acum, cînd ajung seara frîntă de oboseală acasă... Era un regim tîmpit.

— Și nouă nici nu ne păsa... Rîdeam de el, îți amintești?

— Făceam haz de necaz.

— Dar ne distram, ne simțeam bine împreună...

— Știi cum e hazul de necaz? Tu n-ai nici un chef, dar vine cineva și te gîdilă cu forța. Tu rîzi, că n-ai încotro, dar asta nu înseamnă că nu mai poți de fericire...

— Și ce șef aveam...

— Daa, ce să spun! Un curvar și-un afacerist... A făcut avere pe spinarea noastră... Și să nu-ți povestesc de cîte ori s-a dat la mine...

— Ufff, cu nimic nu ești de acord! Uite ce au ajuns fabricile. Ce, așa arătau pe vremea aia?

Acu' să vrei să iei un borcan de vopsea sau un capăt de țeavă...

— Știi ce, Mica? Dacă de la mine de la magazin fetele alea ar fura cum luam noi din fabrică, aș da faliment în două săptămîni...

— Altceva vreau să spun, că era de unde.

— Și la mine este de unde.

— Bine, că acuma e altă chestie...

— Păi, da, e ca și cum mi-ar lua cineva ceva din casă. E al meu.

— Eu voiam să spun că mie îmi pare rău după vremurile alea... că le regret... că îmi dau lacrimile cînd mă gîndesc...

— Și ce nu bocești?

— Ba uite că bocesc!

Și am început să plîng de-adevăratelea.

Pentru vremurile alea, dar și pentru că Aurelia, cu care împărțisem aceeași pîine douăzeci de ani, nu mai voia să recunoască ce fericiți fuseserăm cu toții. Pentru că amintirile ei, Doamne, Dumnezeule, erau atît de diferite de ale mele... Pentru că simțeam că uneori are dreptate. Pentru că eu pregătisem un plan minunat pe care nici nu mi-a dat prilejul să-l împărtășesc

— Tu ce faci, tu chiar plîngi? m-a întrebat Sanda, venind lîngă mine.

— Dar tu nu spui chiar nimic!? i-am trîntit cu obidă.

— Ce să spun?

Am lăsat-o pe Aurelia să plece înainte, iar apoi am pornit și eu.

Ne-am luat, bineînțeles, la revedere.

În sacoșa în care adusesem checul, Sanda mi-a pus jumătate din ciorchinele de banane.

29

Uitasem că Țucu este plecat la țară, așa că am fost dezamăgită să găsesc casa goală. Mi-ar fi prins bine să fie cineva care să mă tachineze. Am încercat să mă uit la un film, dar nimic din ce se întîmpla pe ecran nu mă interesa. Oamenii aceia aveau viața lor, care nu semăna deloc cu a mea. Cumva prostește, mi-a fost ciudă. Ce mă privește pe mine ce fac ei, de vreme ce pe ei nu-i interesează ce fac eu? Am închis televizorul și m-am apucat de dat cu aspiratorul. Fiind deja tîrziu, un vecin mi-a bătut în calorifer și am abandonat.

M-am așezat pe pat și am recapitulat întîlnirea de după-amiază.

Clar, discuția cu Aurelia nu-mi priise deloc. Nu eram în apele mele.

Simțeam cum trecutul meu începe să se schimbe. În joc intraseră piese noi, care nu se potriveau deloc, care mă obligau să iau jocul de la capăt. Alte amintiri îmi veneau în minte. Gesturi și sentimente pe care le uitasem. Aceleași locuri, aceiași oameni, același timp, dar alte întîmplări. Aurelia n-ar fi trebuit să facă asta. Fuseserăm cu toții ca într-o familie și pînă mai adineauri fuseserăm fericiți. Acum... acum începea să se destrame.

Și Sanda, care nu spusese nimic...

De cînd se uita sora mea la mine ca la o babă comunistă? De ce amintirile noastre erau atît de diferite? De cîți oameni fericiți e nevoie în jurul tău ca să fii și tu fericit?

Într-un tîrziu, am adormit.

Azi dimineață m-am trezit bătrînă.

Mîine? Da, mîine sînt alegerile...

Cred că o să stau frumușel acasă și o să... o să găsesc eu ceva de făcut.

În colecția TOP 10+

au apărut:

01. Vladimir Nabokov, *Lolita*
02. Jorge Luis Borges, *Aleph*
03. Bernhard Schlink, *Cititorul*
04. Norman Manea, *Întoarcerea huliganului*
05. Amos Oz, *Să cunoști o femeie*
06. Philip Roth, *Complexul lui Portnoy*
07. Dan Lungu, *Cum să uiți o femeie*
08. F.M. Dostoievski, *Jucătorul*
09. Dino Buzzati, *Deșertul tătarilor*
10. Aldous Huxley, *Minunata lume nouă*
11. Haruki Murakami, *Pădurea norvegiană*
12. Florina Ilis, *Cruciada copiilor*
13. Ian McEwan, *Inocentul*
14. José Saramago, *Toate numele*
15. Ioan Petru Culianu, *Jocul de smarald*
16. Saul Bellow, *Iarna decanului*
17. Tracy Chevalier, *Albastru pur*
18. Filip Florian, *Degete mici*
19. F. Scott Fitzgerald, *Marele Gatsby*
20. Kazuo Ishiguro, *Să nu mă părăsești*
21. Mihail Bulgakov, *Ouăle fatale • Diavoliada*
22. Gabriela Adameșteanu, *Dimineață pierdută*
23. Umberto Eco, *Numele trandafirului*
24. D.H. Lawrence, *Fii și îndrăgostiți*
25. F.M. Dostoievski, *Idiotul*
26. Mircea Nedelciu, Adriana Babeți, Mircea Mihăieș, *Femeia în roșu*
27. Michael Cunningham, *Orele*
28. Michel Houellebecq, *Platforma*
29. W. Somerset Maugham, *Vălul pictat*
30. Jorge Luis Borges, *Cartea de nisip*
31. Simona Popescu, *Exuvii*

32. Julio Cortázar, *Șotron*
33. Haruki Murakami, *În căutarea oii fantastice*
34. Mika Waltari, *Amanții din Bizanț*
35. Dan Lungu, *Sînt o babă comunistă!*

în pregătire:

36. Mihail Bulgakov, *Inimă de cîine. Însemnări pe manșete*
37. John Fowles, *Colecționarul*

www.polirom.ro

Coperta: Radu Răileanu
Tehnoredactor: Cornelia Păduraru

Bun de tipar: septembrie 2011. Apărut: 2011.
Editura Polirom, B-dul Carol I nr. 4 • P.O. BOX 266
700506, Iași, Tel. & Fax: (0232) 21.41.00; (0232) 21.41.11;
(0232) 21.74.40 (difuzare); E-mail: office@polirom.ro
București, Splaiul Unirii nr. 6, bl. B3A, sc. 1, et. 1,
sector 4, 040031, O.P. 53 • C.P. 15-728
Tel.: (021) 313.89.78; E-mail: office.bucuresti@polirom.ro

crlprint®
start printing smart

Contravaloarea timbrului literar se depune în contul
Uniunii Scriitorilor din România
Nr. RO44RNCB5101000001710001 BCR UNIREA